CAIO TOZZI

O LIVRO DO CUCA

ILUSTRAÇÕES
LILA CRUZ

1ª EDIÇÃO
1ª REIMPRESSÃO

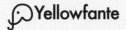

Copyright © 2023 Caio Tozzi (texto)
Copyright © 2023 Lila Cruz (ilustrações)
Copyright desta edição © 2023 Editora Yellowfante

Todos os direitos reservados pela Editora Yellowfante. Nenhuma parte desta publicação poderá ser reproduzida, seja por meios mecânicos, eletrônicos, seja via cópia xerográfica, sem a autorização prévia da Editora.

EDITORA RESPONSÁVEL
Sonia Junqueira

ASSISTENTE EDITORIAL
Julia Sousa

REVISÃO
Julia Sousa

PROJETO GRÁFICO
Juliana Sarti
Diogo Droschi

Dados Internacionais de Catalogação na Publicação (CIP)
(Câmara Brasileira do Livro, SP, Brasil)

Tozzi, Caio
  O livro do Cuca / Caio Tozzi ; ilustrações Lila Cruz. -- 1. reimp.. -- Belo Horizonte: Yellowfante, 2025.

  ISBN 978-65-84689-90-9

  1. Literatura infantojuvenil I. Cruz, Lila. II. Título.

23-153965   CDD-028.5

Índice para catálogo sistemático:
1. Literatura infantil 028.5
2. Literatura infantojuvenil 028.5

Tábata Alves da Silva - Bibliotecária - CRB-8/9253

A **YELLOWFANTE** É UMA EDITORA DO **GRUPO AUTÊNTICA**

Belo Horizonte
Rua Carlos Turner, 420
Silveira . 31140-520
Belo Horizonte . MG
Tel.: (55 31) 3465-4500

São Paulo
Av. Paulista, 2.073 . Conjunto Nacional
Horsa I . Salas 404-406 . Bela Vista
01311-940 . São Paulo . SP
Tel.: (55 11) 3034-4468

www.editorayellowfante.com.br
SAC: atendimentoleitor@grupoautentica.com.br

Para todos os meninos e meninas que desejam criar as próprias histórias.

APRESENTAÇÃO	UM PRESENTE PARA OS SONHADORES	9
	QUEM É QUEM	11
CAPÍTULO 1	A VISITA	15
CAPÍTULO 2	UMA MISSÃO PARA CUCA	22
CAPÍTULO 3	A PRIMEIRA GRANDE LIÇÃO	29
CAPÍTULO 4	ANTENA LIGADA	36
CAPÍTULO 5	A ALMA DO NEGÓCIO	42
CAPÍTULO 6	UMA GRANDE VIAGEM	50
CAPÍTULO 7	MAIS PROBLEMAS?	56
CAPÍTULO 8	DO COMEÇO AO FIM	62
CAPÍTULO 9	MÃO NA MASSA	69
CAPÍTULO 10	UM ORIGINAL PERDIDO	75
CAPÍTULO 11	AS VÁRIAS VERSÕES	81
CAPÍTULO 12	UNINDO TALENTOS	87
CAPÍTULO 13	O PODER DE INSPIRAR	93
CAPÍTULO 14	VIDA DE ESCRITOR	97
	UM RESUMÃO DO MANUAL (POR CUCA)	101

APRESENTAÇÃO

UM PRESENTE PARA OS SONHADORES

Estamos, definitivamente, na era do compartilhamento das experiências e do conhecimento. Talvez seja por isso que, de uns tempos para cá, ouço com certa frequência a seguinte sugestão: por que você não monta um curso? Algum projeto para falar sobre o que faz, sobre como escrever ou algo do tipo. Confesso que muitas ideias nesse sentido pipocaram em minha mente, mas nunca soube exatamente como formatá-las, de que maneira dividir o conteúdo com meu público (às vezes, nem me sentia preparado para tal). Mas contar sobre minha experiência como escritor era algo que já vinha fazendo em encontros com leitores dos meus livros infantis e juvenis em escolas, bibliotecas e eventos em geral. Apresentava, passo a passo, o processo de concepção de um livro, da ideia à publicação. Sempre curiosos e com olhos e ouvidos atentos, eles me faziam perguntas e mais perguntas sobre meu processo criativo. Invariavelmente, surgiam umas figuras que, além de serem ávidas leitoras, também tinham o desejo de se tornar escritoras – ou, ao menos, de viver a experiência de escrever uma história. Quando eu perguntava sobre o resultado dessa investida, muitos diziam que tinham largado o trabalho pela metade, sem saber quais caminhos seguir.

Foi daí que tive um estalo: por que, então, não criar um livro que ajude esses jovens aspirantes a escritores a criar suas histórias, explicando as etapas que podem ajudá-los a chegar ao objetivo final? De certa maneira, eu transformaria a apresentação que fazia em meus bate-papos em um produto físico, que pudesse circular nas mãos de inúmeras crianças e adolescentes sem a necessidade da minha presença. Achei que poderia ser uma boa e comecei a rascunhar este projeto que você tem em mãos.

Primeiro, pensei em fazer um livro no estilo de manual mesmo. Concluí, por fim, que poderia criar uma ficção, para dar mais sabor à parte meramente explicativa. Foi aí que o Cuca e seu desafio surgiram. Assim, minha proposta é que o leitor acompanhe as alegrias e angústias do personagem, ao mesmo tempo que viva a própria jornada, utilizando as dicas de um misterioso manual que o Cuca recebe.

Confesso que este projeto ganhou uma carga emocional e pessoal muito forte quando me lembrei do menino que fui aos 9, 10 anos. Quando eu inventava meus primeiros personagens, tentava criar tramas para eles e sonhava em um dia me tornar escritor. Pensei que se, naquela época, eu tivesse acesso a um livro como este, seria uma das maiores alegrias da minha vida.

Sei que existe um monte de meninos e meninas por aí com os mesmos sonhos que um dia eu tive. Como digo na dedicatória, este livro é, acima de tudo, um presente para eles, para que vivam a intensa e apaixonante aventura da escrita.

Boa sorte e até breve!

Um abraço do Caio

QUEM É QUEM

Nesta história sobre criar histórias, você descobrirá como os personagens são importantes. E fique sabendo quais são os que você vai encontrar nas próximas páginas:

Tem 10 anos e um grande problema: é mentiroso. Adora inventar casos, exagerar fatos. Isso, evidentemente, fez com que os colegas passassem a se distanciar dele. E foi para mostrar que era capaz de se destacar entre todos que se meteu na maior enrascada de sua vida: o compromisso de escrever um livro.

É a garota mais inteligente da classe. Talvez da escola. Sempre com um ar superior, vive contando vantagem por conta de seu extenso conhecimento e das notas altas que tira. Cuca sempre acaba sendo alvo de seus comentários nada agradáveis.

É a professora de português e vive batendo de frente com Cuca, seu aluno mais atrevido. Durante a visita de um famoso escritor à escola, o garoto resolve fazer com que passe pela maior vergonha de sua vida (pelo menos, é o que ela diz para todo mundo...).

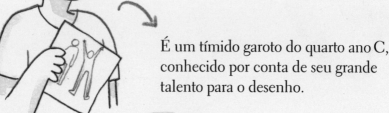

É um tímido garoto do quarto ano C, conhecido por conta de seu grande talento para o desenho.

É o sábio bibliotecário da escola, sempre muito afetuoso com os alunos que se dedicam ao prazer da leitura.

É o irmão mais velho de Cuca e tem 15 anos. Superanimado e falador, vive tentando proteger o irmão, dando conselhos para ele não se meter em tanta confusão.

Famoso escritor de livros para crianças e jovens que visita a escola de Cuca para um bate-papo. Mas o que ele não esperava era ouvir do garoto uma inusitada opinião sobre sua obra.

CAPÍTULO 1

A VISITA

– Não, não gostei do final.

Pronto, falei. Falei mesmo. Não estava nem aí. Afinal, não perguntaram minha opinião? A Jordana, é claro, franziu o nariz e revirou os olhos. Tipo, a cara que ela sempre faz quando eu digo alguma coisa.

– Ele está mentindo, óbvio! – resmungou. – O Cuca só sabe fazer isso...

A Delfina, nossa professora de português no quarto ano, deixou a lousa – onde anotava as perguntas selecionadas para fazermos durante a visita do escritor Berilo Catanhêde – e veio correndo na minha direção.

– Não se atreva a falar uma coisa dessas para o escritor! – ameaçou.

Cruzei os braços e afundei na carteira, aborrecido. Que tipo de escola era aquela que não permitia que os alunos tivessem suas opiniões? Na verdade, que não permitia que eu, somente eu, tivesse a minha opinião. Porque a Jordana, cada dia mais chata e arrogante, continuava a tagarelar sobre os "achismos" dela. Delfina desabou em sua cadeira com uma cara exausta – eu não sabia se o motivo era eu ou o falatório da garota, que tirava qualquer um do sério.

– O Cuca nem deve ter lido o livro, *prôfe*. Ele gosta de causar, fica inventando as coisas dele só para tumultuar – a menina me provocou.

Mas eu tinha lido, sim, de cabo a rabo, o livro indicado pela professora, *O caso da menina multicolorida*. Era uma história de mistério sobre uma garota da nossa idade que não conseguia esconder suas emoções porque elas começavam a se refletir em seu corpo. Tipo, quando ela ficava feliz, ganhava uma coloração rosa; no caso de tristeza, ficava quase branca, pálida. Quando tinha raiva, ficava vermelha. Por isso, começou a viver uma série de confusões na escola e na família. Aí, alguns amigos decidiram investigar o que acontecia com ela. O começo do livro era bom, mas da metade para o fim rolava uma trama superabsurda, sem sentido nenhum. E o final, muito decepcionante, era que tudo não passava de um sonho dela – ou seja, nada criativo.

Só não joguei todo o meu conhecimento na cara da Jordana porque não queria dor de cabeça. Qualquer coisa que eu falasse, mesmo que provasse que tinha capacidade para opinar sobre o livro, certamente iria abrir espaço para discussão e iriam encontrar algo para me julgar ou dizer que eu estava errado – ou que eu estava mentindo, de alguma forma.

Todo mundo naquela escola me conhecia. E exatamente por este motivo: porque dizem que sou mentiroso. Não acredito muito nisso. É que eu gosto de inventar coisas. E foi por isso que eu ganhei o apelido que carrego até hoje: Cuca. Diziam que "minha cuca era doida" ou que eu tinha a "cuca muito viva". Não posso negar. Acho que tudo o que acontece pode ficar um tanto mais emocionante se a gente der uma exagerada. Vou dar um exemplo: o dia em que eu estava vindo para escola na perua e o motorista foi fechado por um carro, desviou bruscamente, e eu bati a cabeça no vidro. Cheguei na classe com um galo e todo mundo percebeu. Aí perguntaram o que tinha acontecido. Quando eu ia contar os fatos do jeito que aconteceram, começou a sair da minha boca, assim involuntariamente, uma história, digamos, muito mais legal. Falei sobre uma perseguição policial que estava rolando na rua, que os guardas estavam procurando um bandido perigoso que havia escapado da cadeia e pediram ajuda para o Romualdo, o cara que dirigia a nossa perua. E que o Romualdo me pediu para dar as coordenadas, e então eu abri a janela, coloquei metade do corpo para fora e passei a indicar qual caminho ele devia fazer. Foi quando, de repente, acabei batendo a cabeça numa placa da rua. Só que esqueci que uma garota da minha classe, a Isa A.,

16

também vinha de perua – e, claro, sem espírito aventureiro, logo me desmentiu.

Essa é só uma das situações que vivo. Existem muitas outras do tipo. É por isso que muita gente não fala comigo. É uma pena. Dizem que eu não sou "uma pessoa confiável". Vivem me excluindo ou ignorando minhas falas, ideias e opiniões, do mesmo jeitinho que a Jordana fez. Aliás, a Jordana é a que mais faz isso, acho que virou um exemplo para todos. Até porque não existe uma pessoa na nossa classe que não a admire: é simpática, inteligente, só tira nota dez, é a queridinha das professoras... *argh*... uma chata!

Eu nem estava querendo me meter nos preparativos para a recepção do Berilo Catanhêde, o cara que escreveu *O caso da menina multicolorida*. Depois de muito tempo tentando, a professora estava superorgulhosa de ter conseguido que ele visitasse a escola. Por isso, mandou cada classe ler uma obra dele para que todos aproveitassem aquela grande oportunidade. Estávamos organizando as perguntas que faríamos para ele no dia do bate-papo. Só opinei sobre o final porque a professora Delfina pediu para falarmos dos vários olhares que tivemos sobre o livro. Ela estava explicando que o leitor é uma espécie de coautor, que seu olhar meio que complementa o que o escritor escreveu, e aí a história se completa. Ué, e por que a minha visão não valia? Só porque eu não gostei?

Só que a Jordana, que bem poderia ter se esquecido daquela situação, ficou insistindo em me provocar.

– Ele fala essas coisas só para aparecer, *prôfe*. Duvido que ele tenha coragem de dizer uma coisa dessas na frente do Berilo...

A professora Delfina tremeu e mirou no fundo dos meus olhos.

– Cuca, você não ouse fazer isso. Trata-se de uma pessoa ilustre que está dependendo seu tempo para vir nos visitar. Tenha o mínimo de respeito...

Eu via nos olhos dela a mesma tensão no dia da visita. Ela não relaxou em momento nenhum, sempre atenta a mim. Ficou ao meu lado por todo o percurso da classe até a biblioteca, onde aconteceria o encontro. O Miro, que era o bibliotecário, estava numa felicidade só.

Ele tinha arrastado todas as mesas para um canto para que os alunos pudessem se espalhar pelo chão. Cada um de nós carregava seu exemplar de O *caso da menina multicolorida*. Demos eles para a professora, que os organizou em uma pilha e entregou para Miro, que a colocou perto de outras iguais no balcão. Ali estavam os exemplares de outros títulos do autor lidos pelas diversas classes.

– Por que os livros ficarão lá? – perguntou Jordana, sempre enxerida.

– O Berilo, muito gentilmente, prometeu autografar todos! – contou a professora.

Alguns alunos encararam os livros com espanto. Eram muitos.

– Ele fará depois do bate-papo, quando voltarmos para a classe. É para não tomarmos tempo da nossa conversa. Então, vamos aproveitar, hein, gente? Ele ficará com o Miro, autografando. Amanhã devolveremos os livros assinados para vocês! – ela explicou. – Todos colocaram o nome no livro?

E a galera gritou "sim", menos eu, porque tinha dúvidas. Mas para que eu iria querer o autógrafo de um senhorzinho que escrevia livros? Porque assim eu achava que eram os escritores...

Mas estava enganado.

Depois de um tempo de espera, Miro avisou que Berilo havia chegado. A turma ficou alvoroçada. Alguns até sacaram celulares para registrar a chegada do velhinho. Mas, para minha surpresa, quem apareceu na porta, todo sorridente, foi um cara simpático, que parecia até mais novo que meu pai. Usava óculos de aros grossos redondos, boné, camisa xadrez e calça jeans. Tipo, uma pessoa normal. Mas escritores eram pessoas normais?

– Ai, que lindo! – suspirou uma garota sentada ao meu lado.

As meninas gritavam e os meninos olhavam, admirados. Pareciam estar diante de uma estrela da televisão. A professora Delfina estava visivelmente envergonhada; e o Miro, emocionado. Eu não achava que era para tanto.

Se bem que o cara era legal. O bate-papo foi interessante, não posso negar. Atencioso, ele contou sobre sua carreira, sobre os livros que escreveu. Disse que gostava de inventar histórias desde que tinha nossa idade. Pensei, naquele momento, se ele também era chamado de mentiroso na escola – eu até quis perguntar, mas certamente iriam dizer que eu estava afrontando seja lá quem fosse. Depois ele respondeu pacientemente às perguntas, inclusive umas repetidas feitas pelos moleques que queriam "participar", mas não estavam ouvindo nada. Eu fiquei bastante atento. E estava tão gostoso que nem vimos o tempo passar. Quando a professora disse que só poderíamos fazer mais duas perguntas, todos lamentaram. Mas, finalizada a rodada das questões pré-selecionadas, o Berilo foi gente boa e quis saber se tinha mais alguém que queria tirar dúvida ou fazer algum comentário. De imediato, percebi que Jordana, que estava sentada na frente do Berilo (é claro!), tinha a cabeça virada para trás e me encarava com seu sorrisinho sarcástico. Eu tinha até me esquecido da provocação que ela tinha feito na classe, que voltou à tona naquele instante. Ela queria ver se eu tinha coragem de comentar sobre minha opinião em relação ao final da história. Eu sabia o que poderia acontecer comigo se fizesse aquilo – broncas, brigas e advertências –, mas resolvi arriscar. No último milésimo do tempo, levantei a mão.

– Cara, eu tenho uma coisa para te dizer...

Delfina, que já tinha avançado para perto de Berilo para encerrar o papo, olhou para mim com o coração na boca.

– Não temos mais tempo, desculpa! – bradou.

Berilo, por sua vez, a ignorou e olhou para mim.

– Dá para responder mais essa! – ele disse. – Fala, rapaz!

Todos já olhavam para mim apreensivos, certos do que eu estava prestes a falar.

– Eu não gostei do final do livro – afirmei, seguro da minha opinião. – Me decepcionei muito.

À minha volta, vi colegas colocando a mão no rosto de vergonha, fazendo negativo com a cabeça, em repreensão ou assustados com minha coragem. Delfina, num ato desesperado, pegou Berilo pelo braço e puxou-o, tentando fazer com que ele se esquecesse do que tinha acabado de ouvir.

– Ah, mil desculpas, senhor Berilo. Esse aluno nos dá muito problema. Se quiser, pode encerrar.

Mas não foi o que aconteceu. Contrariando todas as expectativas, o escritor se desvencilhou da professora e sorriu. Eu não acreditei: pela primeira vez na vida alguém parecia ter dado confiança a uma opinião minha. Vi Berilo pedindo licença para meus colegas e caminhando até mim, que estava sentado no chão, mais no fundo da sala. Chegou bem perto e pediu que eu me levantasse. Temi uma bronca ou que ele zombasse do que eu tinha dito, mas ele colocou a mão em meu ombro e falou:

– Eu adoro ouvir essas coisas!

Meu peito até se estufou.

– É importante demais para meu trabalho. Saber o que funciona ou não em uma história – continuou. – Afinal, eu escrevo para meus leitores.

Todos estavam surpresos.

– O que você acha que não funciona? – ele insistiu.

– De verdade, acho a solução de que tudo é uma espécie de sonho bem fraca. Quebra as nossas expectativas de um final real, de uma solução para um problema concreto – expliquei e tentei me fazer de inteligente na frente dele. – Eu entendi o que o senhor quis fazer, buscar um caminho de explicação psicológica, mas achei que não rolou.

– E qual final você daria?

A pergunta me pegou desprevenido. Não tinha pensado naquilo. Mas as maquininhas do meu cérebro, muito acostumadas a inventar coisas, puseram-se a funcionar e, como num improviso, a resposta foi saindo da minha boca.

– A garota multicolorida poderia descobrir que pode usar sua síndrome das emoções a seu favor. Ela poderia construir novas relações, inclusive com a Brigite, sua rival. Elas poderiam até se tornar amigas, porque apenas com a garota multicolorida a Brigite descobre exatamente o que as pessoas acham dela. E, então, elas crescem e evoluem juntas. E também podia ter um final aberto, para uma nova aventura de superação.

Berilo ouviu tudo interessado. Quando eu concluí, um tanto apreensivo, o que recebi foram aplausos dele. Miro, lá da frente, fez o mesmo, aparentemente orgulhoso de mim. E a galera seguiu os dois, mesmo sem saber se deveria fazer isso. Só Delfina estava meio perdida.

– Você deveria ser escritor, sabia? Que final maravilhoso, tem toda razão... – disse Berilo. – Você é bom nisso!

– Eu não estou acreditando nisso! – percebi Jordana dizer baixinho. Na verdade, consegui fazer uma leitura labial dela.

– Eu vou escrever um livro, você vai ver! – falei, meio sem pensar. O escritor olhou admirado para mim. – Aí eu te mando. Quero saber o que você acha!

Berilo abriu um sorrisão e esticou a mão para mim, propondo um trato.

– Vou esperar! – falou.

CAPÍTULO 2

UMA MISSÃO PARA CUCA

Tudo foi muito confuso depois da despedida de Berilo. Muita gente veio falar comigo, ou me repreendendo ou me parabenizando. Só sei que, a certa altura, me vi sendo puxado pelo braço por uma professora Delfina um tanto furiosa. Seguimos sem nos falar, a passos rápidos e pisadas fortes, até a sala do Aureliano, o coordenador pedagógico da escola. Ela abriu a porta abruptamente, dando um susto no coitado, que lia alguns documentos em sua mesa. Fui arremessado numa cadeira pesada que havia ali, costumeiramente usada pelos maus elementos da instituição.

– Você não acredita no que este garoto fez! – disse a professora com uma voz aflita.

Aureliano, assustado, perguntou:

– O quê? Vocês estavam tão animados com a visita do escritor...

A voz embargada de Delfina a impedia de contar o acontecido.

– Gente, mas eu só disse para o tal do Berilo que não gostei do final do livro dele – esclareci.

– Enfrentou o homem, seu Aureliano! Vê se pode! Uma vergonha para nosso colégio! – ela choramingava. – Passei meses tentando trazer o escritor aqui e me acontece isso.

– Calma, calma! – Aureliano tentou apaziguar a situação. – Por que você fez isso, Cuca?

– Ué, porque estávamos num bate-papo, conversando sobre o livro – pensei alto.

– Mas ele ficou bravo com seu comentário? Foi uma situação constrangedora? – preocupou-se o coordenador.

– Fiquei com a cara no chão! – respondeu ela. – Não sabia onde me esconder, Aureliano!

– Não, não! – eu a interrompi. – Ele disse até que eu tinha razão.

– É verdade isso, Delfina? – quis saber Aureliano.

– Foi pura educação do homem. Uma situação muito, muito chata. Ele sai de casa, conversa com um monte de classes, autografa centenas de livros e ainda é desrespeitado desse jeito? O menino disse que o livro era ruim.

– Não sabia que era obrigado gostar! – falei.

– Não, Cuca. Claro que não – ponderou o coordenador na minha frente. – Mas existe uma questão de bom senso, né? Imagine se você se dedicasse a uma história, acreditasse nela, e depois viesse uma pessoa dizendo que ela é ruim.

– Isso pode acontecer. Todo mundo erra, Aureliano – falei. – Ele errou nessa história, oras. Talvez, nas outras, não. Ele foi muito legal, não rolou nenhum problema. O cara é gente como a gente!

– Gente como a gente? – Delfina me cortou. – Ele não é gente como a gente. Ele é um escritor!

– Mas ainda assim não se trata de um ser humano? – questionei. – Se eu escrever um livro, vou me tornar um ser superior como ele?

Delfina colocou a mão na testa e desabou na cadeira ao meu lado.

– Ainda teve essa parte, nem queria me lembrar...

– Qual parte? – perguntou Aureliano, apreensivo.

– Este moleque ainda disse para o Berilo que era capaz de escrever uma história melhor que a dele! – disparou.

De imediato, cerrei as sobrancelhas, estranhando: que mentirosa! E olha que, para todo mundo, o mentiroso era eu. Tinha que aguentar cada coisa!

– Eu não falei nada disso! – protestei. – Eu nunca disse que faria algo melhor que ele. Só falei que escreveria uma história minha e mandaria para ele ler.

Aureliano reagiu com surpresa àquela revelação. Jogou o corpo para trás, reconfortando-se no encosto de sua cadeira macia, cruzou os braços e sorriu (da mesma forma que Berilo tinha feito diante da minha sugestão).

– Você prometeu isso a ele, Cuca?

Respondi com um gesto de positivo com a cabeça.

– Não é um absurdo? – exaltou-se Delfina.

– Eu gostei da ideia – ele a contrariou. – Acho que pode ser um exercício bom para o Cuca.

Eu não esperava aquele tipo de apoio vindo da coordenação. Confesso que fiquei preocupado – certeza que iriam me meter numa enrascada.

– Então, Cuca, agora você tem um compromisso não apenas com o Berilo, mas também comigo e com o seu colégio – decretou nosso coordenador. – Escreva esse livro, leve o tempo que precisar, mas termine. Nós iremos enviar para o escritor em nome de todos.

Que pressão!

Aquela história toda de escrever um livro era, claro, mais uma mentira! Pela primeira vez, uma invenção minha me colocava em apuros de verdade. Agora não teria como enganar, engambelar ninguém. Um livro é real, precisa existir, não vou ter como fingir que escrevi algo. Copiar de alguém? Jamais, não posso. Contratar alguém para fazer por mim? Sem chance e sem grana. Até porque qualquer caminho errado que eu escolhesse, o castigo seria irreversível caso descobrissem.

Não tinha jeito: teria que cumprir aquela missão.

Mas, pensando bem, talvez fosse minha grande chance. É! De provar para todo mundo que era capaz de fazer algo importante. Que não era um mero garoto mentiroso. As pessoas iriam dar o braço a torcer, me aplaudir.

Escrever um livro passou a ser uma questão de honra – ok, de sobrevivência também...

E certamente por isso eu estava tão desesperado. E os dias que vieram depois foram carregados daquele sentimento.

Em casa, passei a ficar caladão e pensativo. A apreensão crescia a cada momento. Meu pai nem se deu conta de que eu estava diferente, mas mamãe notou.

– Está acontecendo algo, filho? – perguntou um dia durante o jantar. Ela era uma pessoa de quem não se conseguia esconder nada.

– É... teve uma tarefa lá na escola, os alunos vão ter que escrever um livro. Só estou pensando no que vou fazer – contei.

Evidentemente, tive que mudar um pouquinho o contexto. Se eu revelasse os reais motivos da incumbência que me foi dada, nem quero pensar na reação do meu pai. Só pelo que eu tinha falado, a resposta dele não foi das melhores.

– Quanta bobagem! Escola tem que dar conteúdo para estudar, sabe? Geografia, ciências, as contas básicas de matemática. Agora, esse negócio de escrever livro, onde já se viu?

Fiquei quieto. Mais tarde, o Ian, meu irmão mais velho, veio me perguntar sobre o assunto. Como dividíamos o mesmo quarto, o papo surgiu quando estávamos prestes a dormir.

– *Tô* ligado que não é uma tarefa da escola, Cuca! Você se meteu numa confusão com o escritor. Mentiu outra vez para mamãe!

Claro que aquela situação iria chegar aos ouvidos da galera de outras classes, inclusive na do oitavo ano, a série dele.

– Eu estou perdido, Ian!

– Respire fundo e bote essa sua cuca maluca para funcionar – ele brincou. – Faça jus a seu apelido de forma produtiva.

Na escola, em pouco tempo, todos já sabiam que Aureliano tinha me feito aquele desafio. Não tinha certeza de quem havia vazado a informação, mas tudo levava a crer que a própria Delfina tivesse se encarregado de espalhar, só para que todos rissem de mim. Porque o descrédito na minha capacidade era geral.

A insuportável da Jordana, é claro, começou a papagaiar para todo mundo:

– Se fosse eu que tivesse recebido a missão, iria fazer um livro lindo de que todo o colégio iria se orgulhar. Mas ele... vai ser vergonha nacional!

Os dias de perseguição continuaram. Não era fácil conviver com aquilo. E eu nem tinha dado um passo para realizar o trabalho. Um dia, Delfina também despejou sua crueldade sobre mim.

Resolveu começar sua aula perguntando como estava meu "processo criativo". Fiquei surpreso e não sabia o que responder. A maquininha da minha mente pensava em todas as mentiras possíveis – afinal, eu sabia muito bem como sair de uma situação daquela. Mas falhei.

– Eu não sei escrever um livro...

Não entendi muito bem o que aconteceu. Mas, surpreendentemente, uma verdade saiu da minha boca. E era uma verdade das grandes.

– Então trate de descobrir rapidamente. Vai ser melhor para você – ela respondeu com um sorriso de bruxa. – Faça um livro bom. Aliás, um livro ótimo. Ou melhor, um livro ma-ra-vi-lho-so. Compreendeu?

Eu estava tão preocupado que, depois do período da aula, avisei a mamãe que iria ficar na escola – comeria na cantina e não voltaria de perua. Como tinha uns trocados, pegaria um ônibus. Fui até a biblioteca pedir alguns conselhos para o Miro.

– Mirão, como se escreve um livro? – indaguei, na lata. Ele riu, divertindo-se. Depois disse com sua voz mansa:

– Ih, meu filho, estou sabendo da missão que te deram. Eu acredito que tudo é uma construção.

Começou a fabular sobre processo criativo e não me deu nenhuma resposta prática. Educadamente, ouvi tudo o que ele disse, agradeci e decidi voltar para casa, certo de que teria que assumir minha derrota. Eu era apenas um mero garoto mentiroso e atrevido, jamais conseguiria me tornar um escritor. Até porque Delfina talvez tivesse razão: os escritores eram pessoas especiais, deviam ser abençoados ou coisa do tipo. "E quando é que eu tinha tido o mínimo de benção em minha pobre vida?", pensei.

Ok, às vezes eu tinha medo do que pensava ou falava.

Quando estava no ponto de ônibus e ia pegar na mochila o dinheiro da passagem, encontrei um envelope no meio dos materiais. Puxei-o com curiosidade, pois aquilo não era meu. Ou era, foi o que descobri. Em uma de suas faces estava escrito: PARA CUCA.

Abri imediatamente.

Era mais que um papel escrito no computador. Aquilo, sim, era uma benção.

MANUAL SECRETO DO JOVEM ESCRITOR

Dica 1:
Ser um escritor

Olá!

Esta mensagem é para você, que sonha se tornar um escritor. Ou que, ao menos, deseja escrever uma história.

Pode ser bobagem, mas, para dar início à nossa conversa, gostaria de tratar deste assunto de extrema importância: o papel do escritor. Parece óbvio, mas é sempre importante lembrar que, para existir uma história, é preciso, antes, existir quem queira contá-la.

Saiba que qualquer pessoa pode se tornar um escritor. Não é dom divino, não é um ser diferente. Nada! Escritor é gente como você.

É alguém que deseja muito fazer uma história existir.

E quem tem muito esse desejo e não tira essa ideia da cabeça é bem provável que tenha o mínimo de talento para a missão. Mas saiba que apenas isso não basta — o mais importante é a dedicação.

Porque histórias não surgem do nada nem ficam prontas em um piscar de olhos. Existe todo um trabalho por trás disso, e é preciso saber, antes de mais nada, que mergulhar profundamente nesse trabalho é fundamental.

É sofrido? Às vezes. Cansa? Claro! Mas é inegável

que o prazer e a paixão de se ver uma história nascer e se desenvolver são enormes.

E sabe por que a responsabilidade é tão grande? Porque histórias são fundamentais para a vida de qualquer um. Imagine seu dia a dia sem que houvesse uma história, seja nas páginas de um livro, na televisão, nos quadrinhos ou na internet?

Histórias ajudam a gente a entender o mundo. A compreender a nós mesmos. Fazem com que nos sintamos pertencentes a algo. E também podem nos levar a lugares distantes e a tempos nunca vividos. Nos provocam risadas, nos arrancam lágrimas. Fazem a gente se apaixonar, odiar, viver todos os sentimentos.

Histórias são poderosas e necessárias para nossa vida.

Então, saiba que, a partir do momento em que você se propõe a escrever algo, você passa a ser capaz de transformar a vida de alguém. E isso é lindo e mágico. Mas é também uma responsabilidade enorme.

Todos nós temos coisas para contar. Mas, para que elas se tornem uma narrativa com começo, meio e fim e funcionem em um livro, é preciso passar por algumas etapas. E fique calmo: estarei com você por toda essa jornada.

Só tenho uma coisa a desejar: boa sorte nesta viagem, e... divirta-se. Até breve!

CAPÍTULO 3

A PRIMEIRA GRANDE LIÇÃO

Para você, que sonha se tornar um escritor.

Quando li a primeira frase do bilhete que estava dentro do envelope, minhas pernas bambearam. Me segurei para não desabar no chão. Certamente tinha alguém me observando, à espreita, pronto para rir da minha cara. Porque aquilo só podia ser uma brincadeira – e de muito mau gosto, por sinal. Mantive-me de pé, costas retas, firme como uma estaca. Passeei os olhos por todo o conteúdo e me surpreendi. O que ali estava escrito não me pareceu nem piada nem zoeira. Muito pelo contrário: era uma ajuda, a folha da salvação. Pelo jeito, eu tinha começado a receber dicas sobre o processo de escrita de um livro.

Com as mãos trêmulas e um tanto atordoado, enfiei o bilhete amassado de volta na mochila e entrei no ônibus que estacionara diante de mim. No caminho para casa, fiquei pensando naquele intrigante acontecimento: alguém havia enfiado na minha mochila, sem que eu percebesse, a primeira dica do tal "Manual Secreto do Jovem Escritor". Que maluquice era aquela? E o maior mistério, para mim, era o seguinte: existiria uma pessoa realmente interessada em me ajudar naquela encrenca em que eu havia me metido? Mas quem?

– Seja quem for, por que não veio me falar pessoalmente? Tipo, prestar sua solidariedade? – pensei em voz alta, mas logo concluí: – Talvez tenha vergonha de estar do lado do "mentiroso".

O fato é que tentei achar respostas para aquelas tantas indagações, mas não tive sucesso. Nenhum possível suspeito surgiu em minha mente. Ao chegar em casa, coloquei o bilhete em cima da minha escrivaninha, perto do computador. Fiquei lendo e relendo ele, em busca de uma pista que fosse.

Para existir uma história é preciso, antes, existir quem queira contá-la.

Apenas nesse momento me dei conta de que eu precisava saber que uma história podia, sim, sair de dentro de mim. E, entendido isso, precisava descobrir qual seria ela. Parecia algo óbvio, mas não era: veja bem, até então aquela confusão toda tinha sido fruto de uma mentira que escapara da minha boca e ganhara proporções inimagináveis. Uma coisa que eu não tinha entendido ainda. Enquanto não compreendesse que algo precisava nascer de dentro de mim, eu não sairia do lugar.

Aquela foi a primeira lampadinha que o misterioso remetente tinha feito acender em mim. Levantei-me e comecei a andar de um lado para o outro no meu quarto. Nesse vaivém, cruzei com meu reflexo no espelho do armário e me encarei. Existiria dentro de mim um escritor?

Levei as mãos até o rosto. Fui passeando com elas pelo meu corpo, peito, braços, como se me certificasse de ser uma pessoa, alguém inteiro, que respira, que pensa, que tem ideias, que cria. Eu era um ser humano e, ao contrário do que a professora Delfina acreditava, eram seres humanos como eu e Berilo Catanhêde que escreviam livros. Da contracapa do exemplar de *O caso da menina multicolorida* que estava jogado em cima da mesinha ao lado da minha cama, o autor me encarava. Era como se me dissesse "somos iguais, caro Cuca", e outra vez me estendesse a mão, selando nosso compromisso de escritores.

Escritores, acabei entendendo, não eram apenas velhinhos ou gente que já tinha morrido, como muitos colegas (e até eu) imaginavam. Pelo contrário: eram gente muito viva (e os velhinhos ou mortos que a gente conhecia por terem escrito clássicos haviam realizado tais feitos no auge de sua vitalidade). Sorri, aliviado.

Busquei a primeira dica e li de novo.

O mais importante é a dedicação.

Eu não podia me enganar: nunca tinha sido um garoto muito disciplinado para nada. Meu pai tentou fazer de mim um grande nadador, mas cansou de ficar me caçando para frequentar as aulas. Minhas notas nunca foram as melhores. Nunca fui bom em nada. Por isso, talvez, precisei tanto florear minhas vivências, aumentar minhas experiências e conquistas para me sentir importante.

Mas parecia que algo tinha mudado dentro de mim. Depois de ser desafiado e descobrir que poderia ser capaz, pensei: "Por que não me jogar nessa missão como nunca tinha feito na vida?". Com a cabeça a milhão, voltei a zanzar pelo quarto na tentativa de organizar meus pensamentos. Atributos eu tinha, oras!

– Sou muito observador; criatividade é meu forte; minha cabeça vive inventando histórias... – listei para mim mesmo.

Peguei *O caso da menina multicolorida* na mesinha e encarei Berilo sorrindo para mim.

– Você deve ter sido assim também quando era criança, não?

Ele não respondeu, claro. Coloquei sua foto ao lado do meu rosto e virei-me para o espelho. Tentei copiar sua expressão.

Eu precisava começar, pelo menos, a saber fazer cara de escritor.

Eu ainda não era um, mas foi com aquela cara muito treinada que apareci na escola no dia seguinte. É que eu já estava muito confiante da minha capacidade – bastava apenas começar a escrever uma história, o que estava sendo o mais difícil, até porque minha cabeça ainda estava muito confusa por conta do envelope misterioso. No intervalo, fiquei de canto, só observando o movimento dos meus colegas, em busca de atitudes suspeitas. Grande parte dos garotos tinha corrido para a quadra querendo jogar seu costumeiro futebol. Na arquibancada, Menezes, que era do quarto ano C, trazia sua prancheta no colo. Será que ele seria o mentor misterioso e estava escrevendo uma nova dica? Que bobagem, eu estava ficando doido. Todo muito sabia que ele era obcecado por

desenhos, devia estar treinando seu talento. Já a Gaby, da minha classe, lia sem parar um exemplar de um livro de português, mas que não era o que usávamos. Será que estaria estudando dicas de escrita para me passar? Mas fazia sentido aquela hipótese, Cuca? Não! Até porque a Gaby era muito amiga da Jordana. E a Jordana, é claro, jamais iria permitir que ela fizesse qualquer movimento para me ajudar. Era muito difícil imaginar quem seria o autor daquela dica que eu carregava na mochila. Será que uma nova viria em breve? De quanto em quanto tempo eu as receberia?

Eu estava tão atormentado com aquela situação que demorei a perceber que a Bella estava ao meu lado. Na verdade, ela já estava conversando comigo. Era um monólogo, até então – e ela estava animada. Quando peguei o fio da meada, o que ouvi foi:

– Eu, sinceramente, estou muito interessada no que você tem a dizer.

32

Aquela frase não fazia o menor sentido. Ainda mais vindo de quem vinha. Bella era considerada superestranha. Tímida, aparelho nos dentes, tinha uma franja enorme que quase cobria seus olhos. Quase nunca interagia com ninguém – até porque sempre foi o alvo principal de quem praticava *bullying* na minha classe. Eu nunca gostei daquele tipo de atitude e, sempre que presenciei algo do gênero, me unia à vítima para ajudá-la a inventar uma boa história para humilhar o agressor. Mas, pelo que me lembrava, nunca tinha dado meu apoio para a Bella, por isso estranhava aquela aproximação. De imediato, fingi que não era comigo, mas ela insistia em um contato visual. Quando não consegui mais escapar, voltei-me para ela com um sorriso.

– Seu livro vai demorar para ficar pronto? – ela perguntou.

Meu livro? Ela estava interessada no meu livro?

– É... estou ainda no... processo... – menti, claro.

Naquele momento, talvez tenha sentido a agonia que os escritores de verdade costumam viver: a pressão do público pela criação da história. E olha que eu não tinha nenhum sucesso anterior – imagina a pessoa que escreve um *best-seller*, a dor que não deve ser criar a história seguinte? Tipo, ter que fazer algo à altura da anterior...

– Mas por que você quer ler meu livro? – eu quis saber.

– As histórias me fazem companhia neste mundo cruel em que vivemos – ela respondeu cabisbaixa. – Os livros têm esse papel na minha vida. Com eles posso ter aventuras, uma turma, conhecer outros lugares. Virar outra pessoa. Eles me fazem tão bem!

Logo me lembrei do que a dica falava sobre o papel das histórias na vida das pessoas. Era isto: o escritor tinha mesmo uma função importante para o mundo.

– E ter um livro escrito por um colega, alguém da minha idade, é algo novo para mim. Seria diferente. Talvez você consiga falar sobre coisas que eu sinto – Bella concluiu.

Diante dela, não consegui dizer nada. Só consegui engolir em seco a enorme responsabilidade que tinha em mãos. Escrever um livro era como ter o poder de transformar a vida de alguém.

Que bonito! Que bonito!

MANUAL SECRETO DO JOVEM ESCRITOR

Dica 2:
Tudo começa com uma ideia

Olá! Olha eu aqui de novo!
Imagino que você tenha se surpreendido e até ficado um tanto perdido com minha primeira correspondência. Mas fique tranquilo: seu trabalho vai começar, de fato, agora — depois que você entendeu que pode se tornar um escritor, mas que para isso é preciso muita dedicação.
Então, te pergunto: de onde começa uma história?
(Tempo para pensar!!!)
Sim, de uma ideia. Tudo começa de uma faísca de imaginação que brota na sua mente e que você percebe: isso dá uma boa história.
Ok, ok. Aí você me questiona: mas de onde vêm as ideias?
Eu diria que elas podem surgir de qualquer lugar. Que estão em todos os cantos. E o segredo de quem é escritor é manter a antena ligada para conseguir captá-las.
Observe sua rotina com a maior atenção. As ruas por onde passa. Os nomes que ouve. As pessoas com quem cruza. Os fatos que acontecem na escola, em sua casa.

Fique atento às notícias de jornais. Aos filmes e séries que você vê. Tudo pode se tornar uma inspiração.

Às vezes, pode surgir na sua cabeça apenas um elemento ou acontecimento perdido. Tipo: um beijo roubado, alguém que caiu ou uma mulher que gritou. E pronto, acaba aí, sem você saber o que veio antes ou o que viria depois. Mas tem vezes que desdobramentos vão conectando tudo: um beijo é roubado e, então, um homem cai de emoção e a mulher grita de susto. Viu? Aí tem um começo de história para desenvolver!

Por isso, neste primeiro momento, encontre um bloquinho ou um caderninho, muna-se de uma caneta e saia por aí anotando tudo o que te chama atenção (mesmo que algumas coisas, a princípio, não façam sentido).

Depois reúna tudo o que colheu e analise se algo te inspira a criar alguma coisa. Use a imaginação para juntar elementos e fatos. Aos poucos, neste exercício, peças que você nem imaginava podem se juntar. Vou dar um exemplo: você anotou sobre um avião que passou e sobre uma mulher que viu chorando. Misture tudo e faça uma suposição: e se essa mulher estiver chorando porque o amor da vida dela foi fazer uma viagem sem data de volta? Pronto! Mais uma vez, você tem uma premissa para começar um livro.

Antes de encerrar esta dica, preciso dar um conselho que acho fundamental: sempre tenha em mente por que razão sua história merece existir. Ou por que você seria a melhor pessoa para escrever o que está imaginando. Isso dá verdade ao seu trabalho — e as chances de os leitores se identificarem serão maiores, pode ter certeza.

Agora, pegue seu bloquinho e vá para a rua: sua história está prestes a surgir. Boa sorte na jornada, e até a próxima!

CAPÍTULO 4

ANTENA LIGADA

Fiquei muito mexido com a expectativa da Bella e com tudo o que meu livro podia representar para ela. Pensei que a mesma coisa poderia acontecer com outros colegas e, por isso, minha tensão foi aumentando. Porque, se já havia uma espécie de lista de espera pela minha obra, o mínimo que eu precisava fazer era começar a escrevê-la. Mas a verdade é que eu nem imaginava por onde começar. Ah, claro, a primeira dica do tal "Manual Secreto" me garantia que eu poderia ser escritor e que uma história haveria de sair de dentro de mim. Mas fiquei me questionando: tá, mas como é que ela sai? De onde ela surge? Como ela começa?

Eu tinha todas essas perguntas e aflições em mente quando, ao abrir a mochila na sala de aula para pegar a apostila de matemática, dei de cara com um novo envelope. Antes de resgatá-lo, ergui a cabeça, tentando flagrar alguém que pudesse tê-lo colocado ali. Mas todos os meus colegas estavam concentrados na lição que o professor tinha passado – e o motivo de tanta obediência (o que não era algo comum) é que ele tinha anunciado uma provinha surpresa para a segunda aula da matéria, que teríamos naquele dia, após o intervalo.

Obviamente, eu não consegui me concentrar em qualquer problema ou operação que surgiu na minha frente. Colocava números aleatórios na página em branco apenas para deixá-la preenchida, caso o professor circulasse pelos corredores, e fiz uma manobra

36

para conseguir ler a segunda dica. E ela foi providencial: falava sobre as ideias.

Sim, era isso: eu precisava urgentemente de uma ideia. Claro, simples, óbvio! Fiquei mais seguro, porque aquilo era algo que eu tinha aos montes. Ideias e mais ideias. Mas esse estado de segurança não necessariamente me deixou mais tranquilo. Fui tomado por uma ansiedade de pensar mil coisas ao mesmo tempo e, com tanta coisa que surgiu na minha cabeça, acabei me perdendo.

Assim que saí da escola, certo de que minha nota na provinha tinha sido zero, decidi que precisaria me acalmar para me organizar. Seguindo as orientações da segunda dica, assim que cheguei em casa fui caçar um bloquinho de notas para chamar de meu.

Recorri a um baú que tínhamos em um cômodo que tratávamos como escritório – onde papai e mamãe trabalhavam quando precisavam ou eu e Ian usávamos para nos concentrar nos estudos (ok, era mais ele que frequentava o lugar). Nosso velho baú funcionava como uma espécie de almoxarifado, onde guardávamos materiais de papelaria como réguas, tesouras, lápis de cor, canetinhas e papéis diversos. Como tinha suspeitado, também havia ali cadernos e bloquinhos esquecidos, muitos deles começados. Encontrei um pequeno que achei que funcionaria bem para mim. Trazia algumas anotações de meu pai nas primeiras páginas, mas logo as arranquei.

Voltei para meu quarto, joguei o bloquinho na mochila e saí para rua, disposto a encontrar minha ideia. Como dizia o bilhete que eu recebera, era preciso ver o mundo, só que com as antenas mais ligadas do que nunca. Assim, circulei pelo bairro com a atenção triplicada, anotando tudo o que via.

Crianças brincando em um parquinho. Babás conversando e olhando no celular.

Uma senhorinha voltando da padaria carregando as compras.

Um casal de adolescentes se beijando escondido.

Um homem cantarolando uma música triste atrás de um muro.

Uma viatura de polícia passando na maior velocidade.

A notícia da explosão de uma estrela na capa de um jornal pendurado na banca.

Me senti estranho. Qualquer um desses fatos, antes, poderiam me servir de gatilho para inventar uma boa mentira para meus amigos na escola. Mas agora, sabendo da minha responsabilidade, me vi diante de uma incapacidade de criar. Ao chegar em casa, reli tudo o que tinha anotado, mas nada se desdobrou facilmente. Sim, percebi que estava vivendo pela primeira vez um bloqueio criativo. E foi, definitivamente, horrível.

A sensação era que nunca mais na minha vida eu seria capaz de inventar uma história. Tudo branco na minha mente. Arranquei as folhinhas anotadas e joguei-as no lixo. Saquei das gavetas da cômoda do meu irmão umas revistas em quadrinhos, esperando que uma ideia me viesse. Nada, nada parecia ser bom para mim. Eu não entendia o que estava acontecendo.

Fiquei nesse sofrimento todo até a hora de dormir, quando decidi esquecer aquela obrigação. Já estava cansado, precisava pensar em outra coisa. Deitei-me e saquei meu celular para conferir as novidades da rede social – eu não tinha a acessado nenhuma vez naquele dia. Passeando com o dedo pela tela, fui passando por *posts* e vídeos dos meus colegas. Tudo corria bem até eu cruzar com um vídeo – da Jordana, é claro. A legenda logo me intrigou. Era a seguinte: *Contato imediato com um escritor de verdade.*

Morrendo de curiosidade, cliquei para assistir. Tratava-se de uma pequena entrevista feita com o Berilo Catanhêde na biblioteca da escola, para seu canal. Ela fazia mil elogios a Berilo, puxava o saco dele, falava o que tinha entendido de seu livro, contava que tinha lido milhares de outros títulos. Uma chata, como sempre. Queria mais era se exibir para todo mundo.

Eu, que àquela hora queria relaxar, fiquei mais agitado. Nervoso, levantei da cama.

– Eu tenho uma raiva dela! – desabafei em voz baixa. – Essa menina sempre quis ser melhor que os outros, fica pisando em todo mundo. Desde o jardim da infância ela me olha com aquele olhar de desprezo, fica dizendo que sou mentiroso, que não sou capaz de nada. E ela, ao contrário, sempre consegue, sempre pode. É incrível!

Respirei fundo para me acalmar e tentar não acordar o Ian, que já roncava na cama ao lado.

– Ah, se eu pudesse me vingar... – murmurei. – Se eu pudesse...
De repente, tive um estalo.
– É isso! – vibrei.
Então, corri para a escrivaninha, abri a gaveta onde estava guardando as dicas que recebia e fui reler a mais recente. Lá havia uma frase à qual eu não tinha atentado e que fazia todo o sentido:
"Sempre tenha em mente por que razão sua história merece existir. Ou por que você seria a melhor pessoa para escrever o que está imaginando."
Bingo! Eureca! Bravo, Cuca!
Naquele instante, havia surgido mais do que uma ideia: havia nascido uma história, uma vontade, um desejo de contar algo para o mundo. Então, busquei meu bloquinho e anotei na primeira folha:
Esta é a história de uma pessoa que consegue provar para todo mundo que é capaz de fazer algo que ninguém acredita!
Sim, esse seria meu ponto de partida. Eu estava surpreso que a ideia tinha surgido quando resolvi parar de correr atrás dela. Olha só como as coisas acontecem!
– Cuca, por que você ainda não está dormindo?
Olhei na direção da voz e encontrei meu pai na porta, com cara de poucos amigos.
– Por que essa agitação toda a esta hora, hein? – ele quis saber.
– É que eu acho que encontrei minha história, pai...
Papai avançou pelo quarto e veio na minha direção. Fiquei surpreso com um possível interesse dele pelo assunto.
– Esta caderneta não é minha? – foi o que disse.
– Estava no baú, jogada... – expliquei.
Ele resmungou algo que não entendi, mas não deu atenção à minha conquista. Antes de fechar a porta de vez, aconselhou:
– Durma e foque nos estudos.
Fiquei ali, tentando entender o que deveria sentir, se estava fazendo algo de errado ou não. Percebi meu irmão abrir os olhos e dizer:
– Não liga para ele, Cuca.

MANUAL SECRETO DO JOVEM ESCRITOR

Dica 3:
Os personagens

Olá!

Você deve estar pensando: "Ok, agora que tenho uma ideia para a história, o que devo fazer?". Bom, imagino que nesse processo de juntar anotações e percepções, alguns fatos que comporão sua história já devam ter aparecido. Você sabe, mais ou menos, sobre o que vai falar, não?

Então, este é o momento de começar a pensar quem vai viver sua história — ou seja, os personagens. Eu gosto de pensar da seguinte maneira: os personagens são a alma da história. São eles que o leitor vai querer acompanhar por muitas e muitas páginas.

Faça um comparativo com sua vida: as pessoas sobre as quais você costuma querer saber sobre — amigos ou não — são aquelas que têm um jeito de viver e de ver a vida mais interessante, não? Até porque, se prestarmos atenção, toda história acaba trazendo os mesmos elementos, nunca mudam: pessoas nascem, crescem, fazem amigos, têm desavenças, se apaixonam, sentem inveja, medo, ódio... e envelhecem e morrem. Enfim, nada de muito original. Agora, o que dá sabor a tudo é como cada um enfrenta essa jornada.

Por isso, ao criar um personagem, tente pensar em uma figura que seja única, diferenciada. Para isso, você pode pegar um papel e tentar responder a inúmeras perguntas sobre ele, como: onde ele mora? O que mais gosta de fazer? Do que ele não gosta? Como reage às coisas? Ele é calmo ou nervoso? Esperto ou distraído? Qual o principal traço de sua personalidade? Como as pessoas o veem?

Faça esse exercício não apenas com seu protagonista, mas também com as outras figuras que o circundam, que chamamos de secundários ou coadjuvantes. Pense também em um personagem para ocupar o papel de antagonista, ou seja, alguém que esteja sempre se opondo ao principal — geralmente, é o papel do vilão! Além da personalidade, pense em seu nome e em suas características físicas: ele é alto ou baixo? Magro ou gordo? Tem algum detalhe peculiar em sua aparência?

Antes de terminar, quero que comece a pensar numa questão essencial: o que seu protagonista mais deseja na vida? Guarde isso, pois a resposta a gente vai usar um pouco mais para a frente.

Boa sorte e até breve!

CAPÍTULO 5

A ALMA DO NEGÓCIO

Uma história de superação.

É, decidi defini-la assim. Tá, talvez eu pudesse dizer que era uma história de vingança. Não sei se ficaria muito pesado, mas talvez parecesse mais emocionante. Só sei que tinha ficado muito empolgado em ter tido aquele fiapo de ideia. O desespero já não era tanto, só que aí comecei a sentir um negócio estranho, sabe? É que eu não sabia se podia prosseguir antes de receber um novo conselho do meu mentor misterioso, que sabia todos os segredos sobre como escrever uma história. Qual seria a próxima dica?

Ela não tardou a chegar. O *timing* da pessoa, eu não podia negar, era perfeito. E isso era o que mais me intrigava. Será que alguém andava vigiando meus passos, movimentos e pensamentos? Mas como? Realmente, a nova dica surgia quando eu mais precisava dela – e era certeira!

Dessa vez não chegou dentro de um envelope na minha mochila. A pessoa resolveu se tornar adepta da tecnologia. Dias depois, no meio da aula, meu celular vibrou. Fiquei preocupado, pois ninguém costumava me mandar mensagens em um horário como aquele. Curioso, dei um jeito de checar meu aparelho e me surpreendi com uma notificação de e-mail. Pior ainda! Devia ser um spam ou coisa parecida – meus amigos ou usavam as redes sociais ou aplicativos de mensagem para se comunicar comigo. Só fui retomar a mensagem no intervalo e me surpreendi. No assunto, estava escrito:

DICA 3: OS PERSONAGENS. De imediato, fui conferir o remetente. Seja lá quem fosse, a pessoa era muito esperta e cuidadosa: tratou de criar um e-mail específico para se comunicar comigo. Lá estava:

De: **manualsecretodoescritor@ymail.com**
Para: **ocucasoueu@ymail.com**

Li, interessado, tudo o que dizia e fiquei empolgado em saber mais sobre o papel dos personagens. Agora seria a hora de começar a personificar ideias e sentimentos. A hora de começar a criar as figuras com quem eu passaria a maior parte do tempo nas minhas próximas semanas, meses, anos (será que eu demoraria tanto assim para escrever meu livro?!).

Olhei ao redor e conferi as centenas de alunos que conviviam comigo diariamente. Uns de maneira mais íntima, outros apenas cruzando pelos corredores. Eu nunca tinha parado para pensar que todos eles, de certa forma, eram personagens da minha história – e eu da deles. E mais do que isso: pensar que cada um era protagonista da própria história, que era única. Isso porque *eles* eram únicos: mesmo que fossem um bando de meninos e meninas com idades parecidas, cada um tinha seus gostos, desejos, medos, tipos de educação, heranças familiares, segredos. Além das características físicas, é claro. Aquela foi uma descoberta fascinante e saborosa.

Saquei meu bloquinho da mochila, ávido por criar figuras incríveis para a trama que estava prestes a desenvolver. Precisava inicialmente de um protagonista. Fui rascunhando instintivamente algumas características que achei que ele poderia ter.

Podia ser um jovem.
Uma pessoa superbacana. Aliás, um cara legal mesmo.
Que, às vezes, tinha mania de contar mentiras.
Um dia ele se meteu numa confusão por conta delas.
Mas não foi por mal: é que ele estava cansado de se sentir menosprezado pelas pessoas ao seu redor.
E ficou morrendo de medo de, caso não cumprisse sua obrigação, ser rechaçado para sempre de seu círculo social.

É porque ele queria mesmo ser querido. Apenas isso.
Então, ele foi descobrindo que era capaz de conquistar as pessoas com um talento que não sabia. Se tornou dedicado, disciplinado.
E também...

De repente, o lápis paralisou na minha mão. Reli tudo o que tinha escrito e achei que conhecia a figura que eu descrevia.

Fiquei um tanto envergonhado, era como se eu me olhasse em um espelho. Mas um espelho que mostrava além das minhas características físicas: eu via o que tinha dentro de mim.

Fiquei com medo. Que loucura era escrever histórias. Será que eu podia fazer isso? Me colocar no centro da minha história?

Fechei meu caderninho e voltei para a classe assim que o sinal tocou.

Sentei no meu lugar e vi todos os meus colegas, com os quais convivia todo dia. Eles eram bons personagens. Ótimos, aliás.

Consegui identificar mentalmente quem seria uma boa vilã. Não era difícil de descobrir, é claro.

E quem poderia inspirar uma figura cômica.

E um casal romântico, talvez.

Fui brincando de inventar o que eles pensavam, sentiam, queriam. Tanta coisa pipocou na cabeça que fui ficando maluco. Era tão delirante, tão divertido!

Até que um monstro se aproximou de mim sem que eu percebesse.

– *Tá* com essa risadinha por quê, senhor Cuca? – ouvi. – Pedi que você fosse à lousa mostrar como se resolve a análise da oração que mandei de tarefa de casa.

Voltei a mim e percebi a professora Delfina ao meu lado, com as mãos na cintura e uma cara nada amigável. Gelei.

– É... eu não fiz a lição – confessei, sempre estranhando meu novo ímpeto de sempre dizer a verdade.

– Não fez, é?

– Não...

– E anda ocupando seu tempo com o quê, senhor Cuca? – ela perguntou, já caminhando entre as carteiras.

– Você sabe, professora. Aliás, todos sabem: estou focado no meu livro!

Ela paralisou ao ouvir minha resposta. Era, outra vez, sincera. Talvez tenha percebido isso. Voltou-se para mim, tentando evitar um sorriso.

– Então esse livro está vingando mesmo?

– Aos poucos, mas está saindo...

– Muito bem, senhor Cuca – ela se surpreendeu e foi se aproximando, até chegar à minha carteira. Diante de mim, abaixou-se em um cochicho. – Então, você está entendendo tudo, não é?

Entendendo tudo? Tudo o quê? Olhei para ela assustado. Tinha um sorrisão no rosto.

O que eu deveria ter entendido, meu Deus?

Uma doideira grudou no meu pensamento: seria ela a misteriosa remetente das dicas? Afinal, ela entendia daquele negócio de literatura. Foi como se uma bigorna tivesse caído na minha cabeça.

Tentei retomar um contato visual em busca de mais alguma pista, mas ela caminhava para a lousa. Lá da frente, olhou para mim mais uma vez, agora com a cara fechada. Achei até que o semblante amigável de segundos antes pudesse ter sido uma miragem minha.

– Cuca, como você não está a fim de assistir à minha aula e, provavelmente, vai me atrapalhar, acho melhor que vá para a biblioteca. Que tal?

Obedeci sem entender a razão da expulsão. De todo modo, pensei que estar na biblioteca seria muito melhor para meu processo criativo. Fui recebido por um Miro muito assustado com minha presença.

– O que você aprontou desta vez, Cuquinha? – Era assim que ele me chamava, cheio de afeto.

– Sei não, Mirão. A professora Delfina mandou eu vir para cá porque eu estava distraído, sem prestar atenção na aula dela. Ah, mas ela precisa entender que meu livro é mais importante.

– Seu livro?! – ele perguntou com uma cara de espanto. – Eu não imaginava que, de fato, a história estivesse saindo. Que bom!

Fiquei feliz com o olhar de incentivo que ele me deu. Miro, então, distanciou-se do balcão e sumiu entre as prateleiras. Ainda assim, continuou conversando comigo.

– Eu sabia que você não iria brincar com esse compromisso que assumiu com o Berilo. Ele vai ficar muito feliz quando receber sua obra, Cuquinha.

Fui atrás dele, curioso para saber onde havia se metido. Ele passeava o dedo indicador pelas lombadas de uma série de livros em uma prateleira.

– O que está procurando? – eu quis saber.

– Estou vendo se posso te dar mais alguma dica...

Não entendi sua fala. "Mais alguma dica"? Mas que dica ele havia me dado até então? "Nossa!", pensei. Talvez ele tivesse cometido um ato falho. Seria o Miro a pessoa que estava me enviando as dicas secretas? Mas como ele as colocava na minha mochila? Teria um cúmplice?

Enquanto essas perguntas tomavam minha mente, Miro ia montando uma pilha de livros. Levou-a até uma mesa e pediu que eu o seguisse. Espalhou os títulos ali e, diante de meu olhar curioso, falou, taxativo:

— Para ser um bom escritor, é preciso antes ser um bom leitor! — e suspirou profundamente: — Essa é a maior e melhor dica que posso lhe dar.

Àquela altura, minha cabeça estava confusa: voltei a cogitar a hipótese de Delfina ter me mandado para a biblioteca de propósito, como um incentivo, e não por conta da minha distração na aula. Quem, afinal, estava por trás daquela identidade secreta que queria tanto me ajudar?

Fosse como fosse, aproveitei o período todo para me afundar na leitura. Mergulhei o quanto pude em aventuras, mistérios, romances, sempre sob o olhar disfarçado de Miro, que se mostrava um tanto orgulhoso de mim. Tomei um susto quando o sinal tocou, de tão entretido que estava.

— Preciso ir, Mirão! — me despedi. — Muito obrigado pelas indicações!

Ele, então, colocou um livro belíssimo diante de mim, em cima do balcão.

— Leve este para casa. É um dos melhores que temos no nosso acervo para sua idade. Uma aventura e tanto. Está guardado para você desde o dia da visita do Berilo.

Lisonjeado, peguei o exemplar e devolvi a ele um sorriso emocionado. Quando fui saindo da biblioteca, pensei que o herói da minha história poderia ter um fiel companheiro, alguém que lhe quisesse bem e o protegesse de verdade. Uma figura sábia, esguia e muito simpática e afetuosa. Sim, alguém como o Miro.

Voltei a ele para um último aceno e, lá de longe, ele me desejou:

— Vá para outros lugares e tempos a que só os livros podem nos levar. Boa viagem, Cuquinha!

MANUAL SECRETO DO JOVEM ESCRITOR

Dica 4:
Quando e onde?

Olá!

Você tem em mãos mais uma dica deste "Manual Secreto do Jovem Escritor". Espero que seu trabalho esteja indo de vento em popa — com as primeiras três dicas, acredito que tenha conseguido ter a base necessária para começar sua história. Eu diria que esta quarta vai dar um sabor a mais para esta primeira parte do seu projeto.

O assunto, agora, é quando e onde se passa sua história. Você já pensou nisso? Porque ela não precisa se passar nos dias de hoje, uma época em que você e eu vivemos, nem em algum lugar que você conhece. Aliás, ela pode até acontecer em um ambiente que não existe, que vai sair da sua cabeça. Quantos reinos, países, planetas já não foram criados na literatura e conquistaram milhões de leitores? E olha que tem muita gente querendo conhecer tais lugares, mesmo sabendo que são fictícios! E essa é a magia!

A escolha do tempo pode também ajudar na decisão do cenário. Por exemplo, se você quiser que sua aventura se passe no futuro, certamente terá que criar um lugar com tecnologias ultra-avançadas, que nem foram descobertas ainda. Ou, quem sabe, no espaço sideral ou em um planeta devastado (como uma distopia...). Se preferir apostar no passado, seu livro deve ter reinos ou cidades perdidas.

O lugar e o período onde tudo vai acontecer certamente darão uma atmosfera única e especial ao que for escrever. Se precisar, consulte sites de busca para pesquisar sobre detalhes de uma época ou um ambiente em que você nunca viveu ou onde nunca esteve. Isso vai te ajudar muito a trazer elementos e inspirações ao processo de construção da trama. Além de te dar suporte para as descrições dos cenários e paisagens quando estiver efetivamente escrevendo a história.

Eu diria que esse é o momento em que não existem limites, e sua imaginação pode ir muito, muito longe. Viaje sem medo! Vai ser divertido, pode acreditar — e seus leitores vão adorar.

Então, como sempre, boa sorte e até breve!

CAPÍTULO 6

UMA GRANDE VIAGEM

Fiquei encarando por um bom tempo a capa do livro que Miro em emprestou. Era linda demais. Talvez mais do que isso: parecia até mágica. O título, *O reino do Lupércio*, era todo escrito em dourado, com uma letra rebuscada. Na capa, a figura de um guerreiro, vestido com uma armadura medieval, gritava em cima de uma montanha. A imagem logo me despertou a curiosidade pela história. Fui rapidamente fisgado pelo clima que o livro me apresentou, sem saber nada sobre ele. Quando desabei na cama e o abri, ansioso para devorar os primeiros parágrafos, algo voou lá de dentro. Rapidamente, peguei o envelope no chão e quase não acreditei: estava lá mais um, endereçado a mim. DICA 4: QUANDO E ONDE?

Agora, sim, a charada estava morta. "Vá para outros lugares e tempos a que só os livros podem nos levar", Miro tinha me recomendado em sua despedida. Meu grande mentor misterioso só podia ser a pessoa mais apaixonada por livros que eu conhecia: o bibliotecário da minha escola. Que sorte, a minha! E olha que ele, já um senhorzinho, tinha até criado um e-mail secreto para me ajudar. Isso é que era empenho!

A revelação me deixou eufórico, e fiquei pensando em como deveria me comportar a partir daquela descoberta: revelaria a Miro que já sabia de tudo ou permaneceria calado, para estimular a brincadeira? Talvez essa decisão devesse ser deixada para mais tarde, pois o importante, naquele momento, era conferir a nova dica. Até porque eu precisava avançar com meu trabalho.

No novo bilhete, meu mentor trazia dois pontos importantíssimos para a construção da minha história: o lugar e o tempo em que ela poderia se passar. Até então, não tinha pensado naquilo. Na minha cabeça, visualizava a história se passando nos lugares que eu conhecia, onde vivia, aqui na cidade mesmo, no tempo atual. E tudo bem, até, não tinha problema. Mas, diante daquela dica, pensei que poderia ser mais interessante se eu a colocasse em outra época e lugar.

Tive várias ideias.

Poderia ser uma aventura de ficção científica que aconteceria no futuro.

Ou uma história em um lugar no Egito com múmias e sarcófagos.

De repente, uma aventura pelos mares, com monstros e piratas.

Mas, de fato, o romance medieval que Miro havia me emprestado e que tanto me chamara a atenção apenas pela capa se tornou uma incrível referência. Fui lendo pouco a pouco e ficando com a maior vontade de escrever algo do tipo. Então, nos dias seguintes, retomei minhas anotações sobre meu personagem principal, um jovem que precisava provar que era capaz de fazer algo. Aí fui fazendo um exercício de imaginação, cheio de "e se...". Tipo assim: e se em vez de a história se passar na minha cidade ela acontecesse em um reino?

E se meu personagem tivesse que provar algo não para uma pessoa, mas para todo o seu povo?

E se nessa história existissem cavaleiros, bruxas, reis, rainhas e princesas?

Fui ficando animado. Ali, descobri o gênero com que trabalharia no meu primeiro livro: seria um romance de aventura. Que chique! E tinha outra coisa importante: aquela decisão poderia me tirar de um grande apuro. Isso porque muitos dos meus personagens estavam sendo inspirados no pessoal lá da classe. Um toque de fantasia me ajudaria a disfarçar isso, distanciando a ficção da realidade.

Aquela brincadeira estava cada vez mais divertida. Tive que encontrar um novo bloquinho no baú do escritório para anotar mais e mais ideias que vinham na minha mente. Quando percebi, estava criando um reino chamado Vivantim, que ficava muito distante, onde vivia um garoto chamado Claudius. Ele descobre que a rainha Jônia cometeu um crime e inventou uma acusação falsa contra um dos funcionários de seu castelo, uma pobre cozinheira chamada Berta. E haveria os cavaleiros, o ajudante da vilã... Quando me dei conta, ficava dia e noite criando um universo mágico com personagens, lugares, relações sociais. Fiz até um mapa para não me perder no meu reino inventado.

A satisfação era tanta que parar para jantar, fazer lição ou qualquer outra necessidade se tornava o maior sofrimento. Um dia, para tomar banho o mais rápido possível, deixei todas as minhas anotações na escrivaninha e corri para o chuveiro, na intenção de voltar em minutos. Quando saí do banheiro, porém, descobri que as mães costumam ser muito mais rápidas que a gente.

Lá estava a minha, sentada na cama, segurando a folha onde estava desenhado meu mapa. O primeiro sentimento que me acometeu foi a vergonha.

– Ei, não leia isso! – gritei, pegando o papel de sua mão.

– Desculpa, filho! – ela respondeu com sinceridade. – Você anda tão ausente, fica trancado aqui, e eu vim ver se estava tudo bem. Aí dei de cara com essas anotações...

Olhei desconfiado para ela.

– Que coisa maravilhosa! – ela concluiu. – Estou encantada!

– Encantada? – estranhei.

– Você criou um reino, personagens... Cuca, você está escrevendo uma história igual as que eu mais amava quando criança. – E depois se corrigiu. – Na verdade, que eu amo até hoje.

– Você não deveria ter lido – resmunguei.

Ela cruzou os braços e sorriu.

– Desculpa, mas acho que você precisa ir se acostumando. Afinal, se você quer ser um escritor, vai ter leitores. É para eles que você escreve. De que vale escrever um livro se ele ficar escondido na gaveta?

Ela tinha razão. Eu precisava me acostumar com aquela ideia.

– É que não está pronto – justifiquei.

Ela me olhou ternamente e me abraçou.

– Você é meu orgulhinho, sabia?

Fiquei feliz por ouvir aquilo. Ainda bem que eu tinha mamãe, porque, se dependesse do meu pai, tudo o que eu estava fazendo não valeria nada. Nunca soube os motivos de ele pensar daquela maneira.

– Se precisar de alguma coisa, filho, me chame! Eu posso te ajudar...

Assenti com a cabeça, e um pensamento me ocorreu: poderia ser ela a minha mentora secreta? Eu já tinha como certo que era o Miro, mas tanta dedicação e carinho, tanto trabalho para fazer aquelas dicas só poderia vir de alguém que me amasse muito. Tipo ela.

Sorri de volta e apontei para a escrivaninha, sugerindo que precisava continuar meu trabalho. Ela entendeu o recado e foi saindo do quarto. Antes, porém, disse:

– Estou louca para saber o que acontece nessa história...

Foi aí que eu travei.

Eu tinha personagens, um universo e um ponto de partida. Nada mais.

"É... O que acontece nessa história?!", pensei, preocupado.

MANUAL SECRETO DO JOVEM ESCRITOR

Dica 5:
O conflito

Olá!

Embora não esteja te vendo, posso imaginar sua cara de preocupação no momento em que lê esta dica. Tudo estava indo muito bem, muito lindo, não é? Uma ideia bacana, personagens construídos, tempo e espaço definidos. Agora você precisa descobrir o que acontece na história...

Pois bem: chegou a hora de começar a colocar os personagens (principalmente o protagonista) para resolver problemas. Sim, é exatamente disso que eles precisam: é o que chamamos de conflitos.

Quando estiver escrevendo, tenha sempre isto em mente: são os conflitos que fazem uma história interessante.

Vou dar um exemplo. Pense na seguinte situação: você tem uma lição de casa para fazer e entregar no dia seguinte. Então, você anota tudo, faz os exercícios direitinho, sem dúvidas, e no dia seguinte entrega a tarefa. Bom, essa não é uma história interessante para se contar. Sabe o motivo? Você não teve nenhum problema para resolver no meio do percurso.

Agora, pensemos nessa mesma situação, colocando nela um monte de conflitos. Olha só: o professor passa os exercícios, você vai para casa, no meio do caminho sua mochila cai na poça d'água e o caderno se molha. Você não tem a lição anotada em nenhum outro lugar. Aí, tenta ligar para seus colegas e ninguém atende. Se você não entregar a tarefa, vai ficar de recuperação. Já é tarde da noite e não encontrou uma solução. Desesperado, você decide que é tudo ou nada e se vê diante de uma missão. Chove muito na cidade e você decide enfrentar o temporal para ir até a casa do seu amigo mais inteligente e pedir ajuda. É preciso se arriscar. O trajeto é cheio de surpresas, como ruas escuras, pontos de alagamento. Você tem medo, mas vai como um herói. Depois de muitos sustos, chega à casa do seu amigo e consegue as anotações necessárias para, enfim, fazer a lição e entregar no dia seguinte — e garante a nota.

Ufa! Viu que diferença? Percebeu como a história tão corriqueira como esta ficou um tanto mais emocionante?

Isso acontece por causa dos conflitos que distanciam o personagem de seu objetivo. Lembra-se daquela última dica que te dei no terceiro bilhete? Sobre pensar no que seu protagonista mais deseja na vida? Pois é, esse desejo pode ser o fio condutor de sua história. Então, para saber como seu enredo vai acontecer, coloque muitas coisas para ele resolver. Os obstáculos têm que surgir um atrás do outro ao longo da trama. Isso dá mais emoção e, ao final, quando ele conseguir cumprir seu objetivo, sua conquista terá maior valor.

Tais obstáculos podem ser diversos: acontecimentos misteriosos, um vilão tentando atrapalhar, causas naturais, como tempestades e terremotos, acasos da vida que o tiram do seu caminho. Seja como for, é importante sempre complicar a vida do protagonista (essa é a hora de pôr em prática todas as características que criou para ele, na maneira como ele reage a tudo isso).

Vai ser divertido, prometo!

Boa sorte e até breve!

CAPÍTULO 7

MAIS PROBLEMAS?

Conflitos!

A quinta dica apitou no meu celular, enviada do e-mail secreto, logo de manhã. Falava sobre conflitos, ou seja, aquele tipo de acontecimento que leva a história para a frente.

Até aquele momento, o que eu tinha pensado era em uma descoberta que o jovem Claudius teria feito e que precisava provar a todos que era verdade. Só que, como a dica aconselhava, ele não poderia conseguir isso de primeira. Precisaria passar por uma série de desafios e obstáculos que o afastariam de seu objetivo.

Então, botei a cabeça para funcionar: criei pistas falsas, vários amigos traidores e até um amor proibido. Eram elementos que poderiam aguçar o interesse do meu leitor. Achei tudo muito bom, a princípio. Na verdade, eu estava mesmo achando incrível e já desconfiava que meu livro faria o maior sucesso entre meus colegas, além de ser elogiado pelo Aureliano e, quem sabe, até pela Delfina.

Ou seja, eu estava prestes a me tornar o grande escritor daquela escola!

Para me assegurar de que estava fazendo tudo certo, resolvi procurar Miro para pedir sua opinião. Faria uma aproximação natural, sem revelar ainda que desconfiava que ele fosse o remetente misterioso das minhas dicas. Talvez me desse mais indicações de leitura (ah, eu ainda teria que devolver o livro que havia me emprestado, que devorei naquela semana com entusiasmo!).

Corri para a biblioteca no intervalo e encontrei o bibliotecário animado – até cantarolava de felicidade. Achei graça na cena.

– Tá feliz, hein, Mirão? – brinquei.

Ele me sorriu mostrando todos os dentes.

– Parece que a visita do Berilo Catanhêde fez florescerem os talentos literários desta escola!

– Como assim? – estranhei o comentário. Então, ele apontou para o fundo da biblioteca.

– Você não é o único que está afundado no processo criativo de uma história. Separei algumas coisas para seu colega... talvez vocês possam conversar, o que acha?

Gelei. Hesitei em olhar para onde Miro se encaminhava. Meu coração batia acelerado pelo fato de descobrir que alguém poderia me tirar o posto que eu almejava: o de grande talento literário da escola. Por alguns segundos, confesso, torci para que fosse alguém que eu soubesse que não tinha uma capacidade criativa como a minha. Torci também para que não fosse a Jordana, é claro. Seria um desastre.

Com o maior sofrimento, fui virando lentamente o rosto. Miro e a pilha de livros cobriam a figura da pessoa. Quando o bibliotecário foi espalhando os exemplares pela mesa, vi quem era: o Menezes, do quarto ano C.

Menezes era um cara muito bacana. Tínhamos estudado na mesma classe no primeiro e no segundo anos, mas nunca fomos muito próximos. Ele era muito na dele, mas sempre simpático, sempre sorrindo para todos. A razão da sua reclusão era que adorava desenhar. Seu talento para o desenho era elogiado desde o jardim da infância. Sim, ele era um fenômeno.

Fui caminhando instintivamente até ele e logo me dei conta do tamanho do meu problema. Espalhados na mesa, vi esboços maravilhosos que eu jamais teria a capacidade de fazer. Fiquei realmente assombrado, chegando mais perto, ao me dar conta de que naquelas folhas havia imagens de castelos, dragões, carruagens. Meu desejo era correr, sumir dali, mas fui impedido porque Menezes percebeu minha presença.

– Cuca! – falou entusiasmado.

Não era possível ignorá-lo, seria uma falta de respeito.

– Oi, Menezes...

Logo ele me contou o que estava fazendo.

– Cara, desde que o escritor veio aqui na escola, fiquei empolgado para escrever uma história minha. Sempre quis fazer um livro, mas nunca tinha me dedicado a isso. Agora chegou a minha hora!

Dei um sorriso amarelo e fiquei sem reação. Ele tinha o sonho de escrever um livro – algo que eu nunca tinha tido. Talvez tivesse mais bagagem, mais conhecimento e, é claro, mais talento para aquela tarefa. Fiquei mal. Suando frio, me atrevi a perguntar.

– Que legal, cara... E sobre o que você está escrevendo?

– É uma história medieval. Livros desse tipo sempre foram minha grande paixão...

Eu me senti um impostor. Será que ele já tinha lido *O reino do Lupércio*, o livro que o Miro havia me emprestado?

– Já li de tudo. Minha saga preferida é a do guerreiro Lupércio – ele relevou, respondendo à minha pergunta. – Já li os dez livros da coleção!

Quase caí para trás! Tinha mais nove livros para eu ficar no patamar dele! Fora todo o resto do conhecimento que eu precisaria ter, além da capacidade de desenhar. Suspirei fundo e pensei: "Eu jamais vou conseguir ser melhor que ele...". Sim, foi o que senti. Não sabia mais o que falar, as pessoas iam descobrir logo que eu era uma farsa. Típico de um mentiroso. Se eu continuasse meu projeto, certamente iriam comparar nós dois, e eu ficaria para trás.

– E você? Está fazendo um livro também, né? Todo mundo já está sabendo!

Fiz que sim com a cabeça.

– Tá saindo aos poucos... – me limitei a falar.

– É difícil escrever, né? Estou sofrendo horrores! – ele me confidenciou.

Eu estava prestes a me despedir, quando ele virou-se para trás e pegou sua mochila.

– Mas tem um manual de escrita que eu encontrei que está me ajudando um pouco – falou, tirando algo de dentro.

Um manual?! Me assustei. Que história maluca era aquela? Será que estavam fazendo uma brincadeira comigo? Ou com nós dois?

– Se quiser, posso te emprestar.

Não, eu não queria. Sei que fui mal-educado. Disse que não precisava.

Saí correndo, dizendo que estava com pressa.

Na verdade, o problema era outra coisa, uma coisa a que eu ainda não conseguia dar nome.

MANUAL SECRETO DO JOVEM ESCRITOR

Dica 6:
Organizando
a história

Olá, mais uma vez!

Agora que você sabe que o segredo de uma história é o conflito (ou melhor, um conflito atrás do outro!), chegou a hora de criá-la por completo. Proponho que faça uma espécie de "esqueleto" de sua história. Esqueleto? Mas o que é isso? Calma, calma! Vou explicar...

O que chamo de "esqueleto" é uma espécie de organização de todos os acontecimentos da trama, do começo até o fim. Esse nome é dado porque é isso que vai deixar tudo de pé, saca? Então, para fazer esse esqueleto, ou arcabouço, se preferir, busque em suas anotações todas as ideias que teve desde o começo, certamente elas vão te ajudar. Separe o que podem ser cenas e acontecimentos e organize em uma linha do tempo. Pense: como começa? Depois: o que acontece? Qual o primeiro desafio do personagem? E depois? E depois? E depois? E aí, como termina?

Lembre-se de que é importante que sua história tenha três momentos bem definidos, que são:

O COMEÇO: algo acontece na vida do personagem e ele tem que tomar uma decisão, resolver uma situação ou ir em busca de algo.

O MEIO: é a aventura propriamente dita, ou seja, a sucessão de acontecimentos que atrapalham o personagem de chegar a seu objetivo.

O FIM: é como termina a história, a conclusão, o desfecho da jornada.

Você pode anotar esses pontos em tópicos, só para visualizar como as coisas vão fluir na sua trama. É mais ou menos assim (vou usar aquele exemplo da hipotética história sobre o menino e a lição, que inventei na dica anterior):

O professor passa a lição ao garoto. Ele fica preocupado porque não sabe nada.

O garoto sai da escola e segue para casa correndo.

No desespero, não percebe que sua mochila está aberta e seu caderno cai em uma poça. Ele fica desesperado.

E assim sucessivamente... Você já pode até dividir estes acontecimentos em capítulos. Lembre-se sempre de encontrar maneiras de prender a atenção do leitor. Por exemplo, a cada capítulo seria legal ter um acontecimento novo, tipo uma descoberta, uma revelação. E não se esqueça dos ganchos! "Gancho" é o que você deixa em aberto ao final de cada capítulo, tipo um suspense, que faça o leitor querer continuar a leitura.

Quando chegar ao fim desse processo, você terá sua história completamente estruturada, e poderá começar a desenvolver a narrativa, criando as cenas, descrições e diálogos.

Boa sorte e até breve!

CAPÍTULO 8

DO COMEÇO AO FIM

Eu nem dei muita bola quando encontrei na mochila mais um dos envelopes com as dicas do "Manual Secreto do Jovem Escritor". A dica número seis explicava quais eram os melhores caminhos para organizar os acontecimentos da história. Mas, àquela altura, confesso, estava completamente desanimado com meu projeto.

É verdade que saber que o Menezes estava fazendo algo parecido com meu livro (e ter a certeza de que o dele ficaria muito melhor) me abalou profundamente. Mas não era apenas isso: eu tinha realmente descoberto que ser escritor não era nada fácil. Não bastava ter uma ideiazinha e sair escrevendo qualquer coisa. Encontrar algo que fosse original era um desafio e tanto. E inventar personagens apaixonantes e um universo em que o leitor pudesse entrar, mais ainda. Eu estava só começando. Ainda não sabia todos os acontecimentos da trama, e depois teria que escrever tudo. E mais: pelo que me lembrava do bate-papo com Berilo, eu deveria passar por um intenso processo de reescrita e revisão. Haja fôlego!

Naquela tarde, deixei tudo de lado, passei o tempo jogando no computador. O envelope recém-chegado estava esquecido lá na mesinha de canto, sem me causar nenhuma pressão. O fato de ser reconhecido por todos como um mentiroso de primeira

62

naquele momento era um alívio: eu poderia muito bem chegar para o Aureliano, Delfina e toda a classe e dizer que aquela história toda não passava de uma brincadeira tola minha. E todo mundo iria dizer "eu bem que desconfiava". E pronto, acabou! Tudo estaria resolvido.

— Ei, cara! Resolveu tirar um dia de descanso, é? — perguntou Ian entrando no quarto. — Achei que ia te encontrar doidão, escrevendo a todo vapor.

— Ah, mano, quer que eu seja sincero? Desencanei total... — respondi sem me voltar para ele. Em segundos ele estava ao meu lado, com uma cara de espanto.

— Como assim?! Você *tá* de brincadeira, né?!

— Não, Ian. Maior negócio difícil, isso de escrever um livro. São tantos empecilhos que, olha...

— Você acha?

— Quer que eu liste? Vamos começar pelo papai, que acha que tudo isso é uma grande bobagem. Aí tem o menino megainteligente da escola fazendo um projeto muito parecido com o meu...

— E você acha que isso é motivo para deixar o seu para lá? — ele me cortou, girando minha cadeira e me colocando de frente para ele.

— Tem me parecido que sim.

Ian se jogou na cama com um ar de sabichão.

— Um bom personagem jamais se comportaria dessa maneira — disse.

— Não entendi.

— Você está preocupado porque um monte de situações está, de certo modo, te impedindo de criar seu livro.

— Isso...

– Mas é a superação desses desafios que vai fazer você ir para a frente, Cuca.

– Ah, os conflitos! – pensei alto.

– Você nunca ouviu falar da jornada do herói? – Ian continuou sem me ouvir.

– Do quê?

– A jornada do herói. É um estudo muito utilizado para construir histórias. Foi feito por um cara chamado Joseph Campbell, que era escritor e mitologista.

– Mitologista? – repeti sem saber o que significava.

– Sim, um cara que estuda mitos. Ele resolveu analisar diversos mitos da antiguidade para entender a estrutura deles. E percebeu que eram sempre muito semelhantes.

– E qual era essa estrutura? – perguntei, interessado.

– Geralmente, as histórias que conquistam as pessoas contam sobre um personagem principal (a quem Campbell chama de herói) que vive sua vidinha normal até que acontece algo que o tira daquela monotonia. Para esse autor, é o "chamado à aventura".

– Nossa... tipo quando eu fui intimado pelo Aureliano a escrever o livro.

– Exato. Segundo o Campbell, na sequência geralmente o herói recusa o chamado.

– É, eu achei que não iria conseguir e tal. Fiquei desesperado!

– É mais ou menos esse sentimento, Cuca. Mas geralmente o que acontece é que os heróis encontram um mentor que os coloca para a frente.

Um frio subiu na minha espinha. Um mentor. Sim, eu tinha um, só que era misterioso. Foram as primeiras dicas secretas que me fizeram acreditar que eu conseguiria seguir na missão. Mas eu não podia falar isso para o Ian.

– Ahn... – apenas respondi, interessado nos próximos passos.

– Depois o herói atravessa o primeiro limiar, ou seja, é quando ele inicia a aventura.

– Talvez, nesse meu processo, tenha sido quando me surgiu a ideia!

– Pois bem, depois surgem as provas, os aliados, os inimigos, o questionamento de coisas íntimas, o enfrentamento dos medos.

Eu estava boquiaberto. Aquilo fazia muito sentido: era exatamente o que eu estava passando. E eu querendo desistir naquele momento! Precisava saber o que viria depois.

– Fala, Ian! O que acontece com o herói em sua jornada?

– Bom, Cuca, resumidamente, ele consegue passar pela provação, realiza seu objetivo e tem sua recompensa, até voltar ao seu lugar de origem. Falei muito por cima, mas, se você ficar interessado, vale pesquisar sobre isso. Tem muito conteúdo a respeito em livros e na internet.

Rapidamente busquei meu caderninho e anotei: A *jornada do herói*. Depois daquela aula, Ian se levantou e disse:

– Mas você também pode escolher não enfrentar os desafios, os problemas e tudo o que está surgindo na sua jornada. Aliás, acho que você entendeu. Use isso para construir sua história.

– Posso, é?

– Claro! Tem muito livro, muito filme que se baseia nessa estrutura.

– Cara, Ian, eu imaginava que você sabia tudo isso, que era tão inteligente.

– Pô, obrigado! É que eu já li muita coisa, né, Cuca? Sempre gostei de histórias. – E, então, ele se aproximou de mim e disse: – Eu queria ver a sua acontecer. Achei que você estava descobrindo sozinho o caminho, as possibilidades, um jeito seu de criar o livro, e não quis intervir. Só hoje percebi que você precisava de ajuda. Foi isso.

No ímpeto, quis mostrar a ele todas as ideias que tinha tido. Quando fui buscar as anotações na mochila, ele me impediu.

– Não a que você está criando, Cuca – ele me disse. – Eu quero ver a *sua* história, a *sua* vida acontecer, meu irmãozinho...

Fiquei emocionado com aquelas palavras. Então, ele me deu um soquinho no ombro e saiu, sem dizer mais nada. Bom, depois daquela aula, eu não podia desistir. Peguei a mochila e despejei todas as anotações no chão. Mergulhei no universo de Vivantim e do cavaleiro Claudius. Passei tarde e noite em um processo criativo delicioso. Peguei um papel e fui anotando minhas ideias aleatoriamente. Surgiram muitos esboços de cenas e situações, de maneira desorganizada. Quando percebi que sabia o que iria acontecer com meu personagem, peguei uma cartolina e comecei a organizar tudo, com começo, meio e fim – sempre com a dica seis ao meu lado.

Quando percebi, tinha tudo pronto: o grande esqueleto da minha história.

Li e reli minha criação e fiquei satisfeito e orgulhoso.

"Essa história vai ficar melhor que a do Menezes", pensei. Pensei mesmo!

MANUAL SECRETO DO JOVEM ESCRITOR

Dica 7:
Escrevendo

Olá!

Finalmente, chegamos à etapa mais esperada (mas eu não diria a mais importante, porque todas as outras também foram, não é?). Bom, é a hora de escrever.

Se você seguiu todas as dicas que recebeu até agora, imagino que esteja com o esqueleto da sua história pronto, com todos os acontecimentos organizados, começo, meio e fim. Então, já tem um guia para continuar.

Um dos pontos para decidir agora é quem vai contar a história — ou seja, o foco narrativo. Seria em primeira pessoa? Nessa forma, o próprio personagem conta o que está vivendo. Assim, ele participa de todos os acontecimentos, e não conhece antecipadamente o que vai acontecer, fica sabendo à medida que a história se desenrola. Mas você pode também optar pela terceira pessoa: alguém de fora da história observa tudo o que está se passando e relata ao leitor o que vê. É o narrador que sabe tudo sobre a história: começo, meio e fim — ou passado, presente e futuro.

Com isso decidido, você pode começar o trabalho de escrita. Siga seu guia capítulo a capítulo e vá transformando os acontecimentos, que estão em tópicos, em cenas com descrições e diálogos — e a história vai ganhando a forma literária. Faça isso até o final.

Mas não pense que você precisa ficar preso a esse esqueleto e que nada pode mudar durante o processo de escrita. Você pode e deve inventar coisas novas, caso ache necessário. Essa dica é apenas para te ajudar a não ficar perdido — o que pode acontecer com quem está começando. Existem diversos escritores que nem planejam a história antes de escrever: sentam-se diante do computador e escrevem conforme as ideias surgem. Cada um, pouco a pouco, vai achando seu método de trabalho.

Quando tiver uma primeira versão do livro pronta, não mexa nela durante alguns dias e depois... reescreva-a. É, isso mesmo! Você vai perceber que, nessa segunda visita ao texto, vai corrigir muitas coisas, aprofundar alguns pontos, cortar outros, deslocar trechos, inverter, acrescentar... Os escritores costumam fazer algumas versões de seus livros até ficarem satisfeitos. A pressa não combina com esse tipo de trabalho.

Mas haverá um momento em que, certamente, você vai perceber que chegou a um ponto em que considera o livro concluído. Você terá em mãos o seu "original", que é como chamamos o texto do livro bruto, sem diagramação e ilustração.

Agora, escreva e divirta-se!
Boa sorte e até breve!

CAPÍTULO 9

MÃO NA MASSA

Havia chegado o grande momento.

Meu mentor, por um mistério que eu ainda não tinha descoberto, também já sabia disso. Tanto é assim que, no início da manhã em que eu estava pronto para iniciar o processo de escrita do meu livro, ele me mandou mais uma mensagem no e-mail – e falava exatamente sobre os desafios de escrever.

Foi quando eu me desliguei definitivamente do mundo. Meu foco era escrever. Nada de televisão, jogos, internet, redes sociais. O telefone no silencioso, para ser atendido apenas em casos de urgência. Tinha chegado a hora em que eu viveria apenas no reino de Vivantim com meus novos amigos, meus personagens.

Andava para cima e para baixo com o esqueleto da história, que trazia os acontecimentos do começo, do meio e do fim, já divididos em capítulos. Então, levava sempre meu *notebook* dentro da mochila e, quando tinha um tempo livre, me punha a destrinchar cenas, descrevendo as situações que havia imaginado, inventando cenários, ações e diálogos. Foi engraçada essa parte porque, de certo modo, passei a ter a sensação maluca de que os personagens falavam por si mesmos, como se não fosse eu que estivesse criando tudo aquilo.

Por dias e dias percebi que as pessoas riam de mim, pois eu falava sozinho por todos os cantos. Mas minha sensação era de que Claudius, Berta, Jônia e tantas outras figuras me acompanhavam de verdade no café da manhã, na sala de aula, na perua da escola e até na hora do banho (que, por sinal, era quando me vinham ótimas ideias!). Que viagem maluca, aquela! E eu não queria que ela terminasse nunca...

E olha que, naquelas semanas, muitas tentações surgiram

para me arrancar do trabalho. Papai, como sempre, dizia que eu precisava sair do quarto, ir para rua e etc. etc. etc. Por conta disso, comecei a ouvir com certa frequência discussões fora do meu quarto: enquanto meu pai reprovava minha clausura, mamãe e Ian tratavam de me defender.

Os meninos da escola, surpreendentemente, começaram a me escalar para seus times nas aulas de esporte ou no intervalo. Eu, um perna-de-pau. A professora Delfina resolveu aumentar a quantidade de tarefas de casa. Eu até me esqueci de estudar para as provas bimestrais. Resultado: três em matemática, quatro e meio em ciências, cinco em geografia. Nunca tinha ido tão mal em minha vida escolar. Tanto que o Aureliano me chamou em sua sala para saber o que estava acontecendo.

— Estou me dedicando ao meu livro, ué! — respondi. — Não era isso que tínhamos combinado?

O coordenador me olhou com estranhamento.

— Você está fazendo mesmo o livro?

— Achou que eu estava mentindo, é? Trato é trato!

— E como está o processo, Cuca?

— É preciso muita dedicação. Não sei se você sabe como trabalham os escritores. Mas a gente fica com a cabeça na história dia e noite, noite e dia. Tem que ter muita atenção, senão tudo fica sem sentido.

Aí percebi um enorme sorriso se abrir em seu rosto. Recolheu minhas provas da mesa e disse:

— Pode deixar que depois converso com os professores.

Certo dia, Miro passou por mim na entrada da escola. Eu estava com o computador portátil no colo e digitava sem parar. Cruzamos nossos olhares rapidamente, mas ele preferiu não me atrapalhar. Vi em seu rosto uma espécie de orgulho.

Ian também ficou admirado de como eu tinha disparado a trabalhar depois de nossa conversa. Um dia, já era bem tarde e eu não conseguia me separar do computador. Meu irmão já estava deitado e me observava.

— Como você foi nas provas, Cuca? — perguntou. Ian também tinha passado pelas provas bimestrais e havia estranhado o fato de eu não ter aparecido com o boletim em casa.

— Fui meio mal. É porque estou mega-ultra-focado no livro — expliquei.
— É interessante não ter vindo mais nenhuma advertência da escola, por aqueles casos de mentira.
— Ah, mano, agora eu sei para onde devem ir minhas invenções! – falei. – Escrever é algo mágico!
— Fico feliz que você tenha encontrado seu caminho, caro herói.
— Enfrentei os desafios, medos e estou seguindo minha jornada!
Ele sentou-se na cama e falou:
— Tenha em mim seu protetor, viu? Dedique-se a seu livro com calma.
— É... ainda estou no meio da história, ainda precisarei revisar e tudo o mais.

Depois daquele dia, Ian cumpriu o prometido. Em casa e na escola, não deixava ninguém se aproximar de mim e me atrapalhar, para que eu pudesse encerrar meu trabalho. E eu ficava lá, digitando, digitando, digitando, com as ideias a mil. Umas três semanas depois, anunciei a ele:

– Terminei! – E mostrei um calhamaço de umas cinquenta folhas que eu tinha imprimido escondido na impressora do papai.

Ian pegou o material e encarou a primeira folha.

– *A grande aventura de Claudius no reino de Vivantim* – leu em voz alta. – Seu primeiro original, meu irmão!

– Meu o quê?

– Original! É assim que chamamos o texto antes de ser publicado.

– Ah, é mesmo! Meu mentor misterioso falou disso numa das dicas – falei e logo pensei alto: – Agora preciso descobrir o contato do Berilo Catanhêde.

– O escritor?

– Sim! Eu não tinha combinado que, quando terminasse meu livro, mandaria para ele? – Então, pensei melhor. – Será que eu devo?

– Ué, mas por que não? – Ian respondeu, me devolvendo as folhas.

– Sei lá, cara... me bateu um medo agora. Imagine as pessoas lendo o que eu escrevi. Vai que elas não gostam?

– Mas esse é o jogo, Cuca. São os riscos. Você também não gostou do livro dele, não é? Então, é colocar a cara para bater. Agora vocês são dois escritores... – E, por fim, me aconselhou: – Eu só esperaria um pouco para enviar.

– Mas por quê?

– Talvez seja legal deixar o texto descansar.

Eu ri com aquela recomendação. Não entendi nada.

– Devo colocar ele na cama e cobrir? – zombei.

– Besta! Na verdade, "deixar o texto descansar" significa ficar um pouco distante dele por um tempo. Alguns dizem "deixar uns dias na gaveta". Guarde o que você escreveu por uma ou duas semanas e depois releia. Você vai ver quantas coisas passaram sem que você percebesse, vai fazer alterações e tudo o mais.

Nossa, fiquei admirado de como Ian sabia das coisas. Foi exatamente isso que o mentor misterioso tinha dito, agora eu me lembrava. Peguei as páginas e as coloquei na gaveta da escrivaninha. Nesse momento, me veio à mente algo que nunca tinha pensado: "E se meu mentor fosse..."?

Olhei para Ian, e ele já estava dormindo.

MANUAL SECRETO DO JOVEM ESCRITOR

Dica 8:
O olhar de fora

Olá!

Hoje vou contar o que acontece quando um escritor termina de escrever seu livro: ele continua escrevendo! Calma, calma, não se assuste: sei que o processo até aqui foi cansativo e trabalhoso. Mas, para um livro ficar 100% para o leitor, todos os cuidados são poucos.

Assim que o escritor considera o texto finalizado, o próximo passo seria enviar para publicação (até porque livro guardado na gaveta não serve para nada, né?).

Para decidir a quem enviar, ele precisa conhecer o perfil editorial das editoras. Então, ao escolher a que mais lhe interessa, envia o original para análise, com vistas a uma possível publicação. Lá, um editor ou uma equipe de editores — às vezes, ouvindo também a opinião de pareceristas, colaboradores de fora da editora que entendem de literatura e de livros — vão ler a obra e responder se querem ou não publicá-la. E não pense que essa resposta vem de imediato, não! Na maioria dos casos, leva meses!

Se a resposta for positiva, é feito um contrato de edição entre o autor e a editora. E tem início um demorado trabalho de editoração, que começa com uma conversa entre autor e editor sobre o texto para verificarem se algo precisa ser mudado na história. Depois vem a etapa de revisão e toda a parte de projeto gráfico, que inclui as ilustrações e diagramação.

Eu sei o que você está pensando neste momento: "Tá, e eu, que estou começando e não vou procurar uma editora agora, qual é meu próximo passo?". Bom, o que eu te aconselho é buscar um leitor crítico. E você pensa: "Tá, mas o que é isso?".

Trata-se de uma pessoa que você vai convidar para ler sua história em primeira mão. Ela vai fazer o papel de um editor. Alguém que possa te dizer o que funciona e o que não funciona na trama, o que está claro ou não, apresentar uma série de sugestões e também fazer o papel de revisor, apontando erros que passaram em sua leitura.

A ideia é que a pessoa te ajude a melhorar a história. Não tenha receio, aprenda a escutar. Muitas vezes, quando estamos escrevendo, ficamos focados em terminar nosso trabalho, envolvidos no prazer de fazer aquilo acontecer, e podemos comer bola em questões de coerência, estrutura, continuidade, gramática. Isso sempre acontece, não se apavore! Os escritores profissionais vivem isso a cada livro que escrevem. Saiba que, quando um livro é publicado, às vezes mais de três revisores trabalharam no texto, além do editor.

Procure alguém de confiança para esse papel, uma pessoa que possa somar ao seu trabalho. Talvez seu melhor amigo, seus pais ou até um professor. Como já disse, ouça as opiniões, uma crítica construtiva é necessária e importante. Mas lembre-se de que o autor é você: não deixe que o essencial seja tirado da sua história.

Boa sorte e até breve!

CAPÍTULO 10

UM ORIGINAL PERDIDO

"Vou contar o que acontece quando um escritor termina de escrever seu livro", eu li, ainda sonolento.

Meu celular apitou muito cedo. Era mais uma mensagem do "Manual Secreto". Uma nova dica que começava com aquele conselho.

"Continua escrevendo!"

Sentei-me na cama para entender a orientação. Diante das páginas escritas que ocupavam a escrivaninha, li e reli o texto do e-mail, recomendando que, antes de qualquer coisa, eu submetesse meu livro a um leitor crítico.

"Leitor crítico?", cocei a cabeça.

Entendi que seria importante, antes de colocar minha obra no mundo (ou enviar para Berilo), passá-la para alguém de confiança que pudesse lê-la e fazer os apontamentos necessários. Fiquei um pouco preocupado: quem poderia ser?

Fui cumprir minha rotina matinal antes de ir para a escola – tomar banho, escovar os dentes, colocar uniforme, tomar café, pegar a perua –, tentando encontrar a pessoa ideal.

Não sei por que pensei tanto se era tão óbvia a escolha: Miro, o bibliotecário. Era o melhor, o mais experiente no assunto, a pessoa mais letrada e disponível para ocupar aquele papel essencial na minha primeira jornada como escritor. E, além do mais, eu não tinha descartado a hipótese de que ele fosse, de fato, o autor misterioso das dicas.

Coloquei meu original na mochila, com todo o cuidado para não amassar, decidido a levá-lo para Miro no intervalo. As duas primeiras aulas do dia eram de educação física e, por isso, fomos todos direto para o ginásio. Naquelas ocasiões, acabávamos deixando nossos materiais e mochilas em um canto da arquibancada. Eu estava muito leve por ter cumprido uma grande e importante parte da minha tarefa – afinal, bem ou mal, o livro estava escrito – e resolvi relaxar: os meninos me convidaram para uma partida de futebol e eu fui, querendo esquecer um pouco as aventuras das últimas semanas em Vivantim.

O período até o intervalo passou rápido. Assim que o sinal tocou, fui buscar meu livro para entregar ao Miro na biblioteca. Mas levei um susto: ele não estava mais lá. Com as mãos trêmulas, revirei cadernos, pastas e apostilas, e nada. Fiquei desesperado. A turma toda saindo da sala, e eu jogando meus materiais no chão. Nenhum sinal do meu livro – ele tinha realmente desaparecido.

Saí em disparada no meio da galera, atento às ações de cada um. Tentava verificar o que faziam, se alguém carregava algo suspeito ou lia folhas em algum canto. Tentava pensar em quem poderia ter feito aquilo. Será que o crime havia acontecido em casa? Poderia ter sido minha mãe, curiosa em saber da minha história, ou meu pai, que teria caçado minha obra e rasgado em mil pedacinhos? Ou o fato ocorrera mesmo na escola? Os meninos da classe não teriam nenhum interesse em fazer isso. A Bella, quem sabe? Ela estava ansiosa para ler meus escritos. Mas ela não faria isso! E o Menezes?

Sim, o Menezes!

Eu não tinha ideia de como ele poderia ter acessado minha mochila, mas é certo que ele era a pessoa com o maior interesse em ler meu livro antes de todo mundo. Nunca imaginei que ele fosse capaz de uma ação como aquela, mas a gente pode se surpreender com as pessoas.

Confesso que o tempo parou, e fiquei viajando naquela hipótese. Será que ele roubaria minha história? Copiaria tudo e ainda completaria com seus desenhos maravilhosos? Será que tinha alguém da minha classe ajudando ele? Será que uma grande rede de alunos estava se movimentando para impedir que eu cumprisse com louvor meu compromisso?

Eu estava ficando maluco, com pensamentos e ideias de conspiração. Não consegui prestar atenção em nada nas aulas seguintes, só pensando na melhor estratégia para interceptar o Menezes na saída. Não tinha jeito, eu teria que colocá-lo contra a parede.

Assim que fomos dispensados, saí correndo para a sala do quarto ano C.

– Cuca!

Ouvi alguém me chamar, mas estava completamente focado na minha missão e não poderia me distrair com nada.

– Ei, Cuca! – a pessoa insistia.

Ignorei outra vez. Alguns passos mais adiante, fui puxado pelo braço.

– Ei, garoto, qual é? Estou te chamando!

Quando dei por mim, tive uma surpresa: era a Jordana.

— Preciso falar com você! — ela disse.

Ela só podia estar pronta para me atrapalhar. Me desvencilhei, continuei meu caminho a passo apressado, mas ela me seguiu.

— Cuca, é sério! Estou te mandando vir falar comigo!

Quem ela pensava que era? Fingi que não existia. Nem ela nem mais ninguém. Estava com o olhar fixo na porta do quarto ano C, para ver quando Menezes deixasse a sala. Antes, porém, que eu o alcançasse, Jordana foi taxativa:

— Eu estou com seu livro!

Paralisei ali mesmo e virei-me para Jordana, que tinha um sorrisinho no rosto; só aí percebi que estava abraçada com meus escritos.

— Podemos conversar? — ela me perguntou com ar amistoso.

Não, eu não queria conversar! Eu só queria denunciá-la para a coordenação, para a direção, para o presidente, para o papa, se fosse preciso! Aquela menina iria aprender, pela primeira vez na vida, o sabor de uma punição. Quem sabe seria expulsa, era isso que ela merecia. Enquanto a raiva explodia dentro de mim, ela falou:

— Eu suspeitei que você tinha terminado de escrever o livro. Então, hoje, na aula de esportes, você acabou deixando a mochila meio aberta quando pegou sua camiseta para jogar. Vi as folhas entre seus cadernos e não me contive: peguei para ler.

Ela falava sobre sua ação criminosa de uma maneira tranquila. Uma garota cínica, dissimulada. Eu precisava denunciá-la o quanto antes: ela não tinha o direito de pegar meu livro sem autorização. Eu estava prestes a acabar com ela, gritar pelo corredor, chamar a inspetora, quando ouvi:

— Preciso dar o braço a torcer, Cuca. A história que você escreveu é incrível!

MANUAL SECRETO DO JOVEM ESCRITOR

Dica 9:
Reescrevendo

Olá!

Como foi a experiência com a leitura crítica? Sim, eu sei que alguns pontos podem ter sido dolorosos: afinal, certos comentários podem nos fazer sofrer. Mas nos fazem pensar também. Por isso, siga em frente, analise tudo com calma. Como já disse, o olhar de uma pessoa de confiança sobre seu texto certamente vai torná-lo mais interessante.

Depois da conversa com seu leitor convidado, anote todas as sugestões feitas. Verifique e estude o que acha que cabe mudar na história. Reveja seu "esqueleto" caso necessário. Com o melhor caminho delineado, retome o trabalho em seu texto. Sim, reescreva-o!

Muitos escritores dizem que reescrever é muito mais importante que escrever. Ali, com certo distanciamento no tempo, você consegue encontrar falhas e desatenções, coisas que podem ser melhoradas. É a hora de cortar o que for desnecessário, melhorar diálogos, reestruturar cenas que não funcionam, desenvolver melhor o perfil de alguns personagens.

Saiba que alguns escritores profissionais chegam a fazer mais de dez versões de suas obras até conseguirem um resultado que consideram ideal.

Por isso, foco e mão na massa! Reescreva, reescreva e reescreva!

Esse é um trabalho com o qual é preciso ter muita paciência: aqui a ansiedade não tem vez!

Tenho certeza de que seu livro será um sucesso. Então, como sempre, boa sorte e até breve!

CAPÍTULO 11

AS VÁRIAS VERSÕES

Por muito tempo as palavras de Jordana ecoaram em meus ouvidos. "A história que você escreveu é incrível!"

Se havia uma pessoa no mundo que eu tinha certeza de que iria acabar com meu trabalho, era ela. Mas isso, surpreendentemente, não aconteceu. Depois que ela me veio com aquela "bomba", conversamos por bastante tempo depois da escola. Até perdi a perua, e – pasmem! – naquele dia a mãe dela acabou me levando para casa a seu pedido. Jordana me contou que tinha ficado totalmente presa na minha história e, por isso, acabou lendo rápido, mas sempre com muita atenção. Fez isso na aula mesmo, escondida da professora. E eu nem tinha percebido que meu original estava com ela, pois minha cabeça só pensava em caçar o coitado do Menezes.

Só sei que, no final das contas, quem eu menos esperava tinha se tornado naturalmente a minha "leitora crítica". Sei lá por qual motivo, confiei nela. Então, deixei o texto com ela por mais uns dias e ela fez outras leituras. Mexeu em algumas questões de ortografia e gramática e me fez entender os pontos fortes e fracos do texto. Com essas anotações do lado, comecei a reescrever a história – sim, sempre seguindo as dicas misteriosas que eu não parava de receber.

Sabe que, por um momento, até desconfiei de que a própria Jordana estivesse por trás daquela identidade secreta? Alguns pontos me levaram a isso: primeiro, ela era craque em escrita e uma leitora voraz e poderia muito bem encontrar problemas numa história; segundo, o estranho fato de ela saber exatamente em que momento do trabalho eu estava quando foi atrás do meu livro: era muita coincidência; e, por último, o fato de ela ter pegado o original na minha mochila sem qualquer cerimônia: ela também poderia facilmente ter colocado lá os misteriosos envelopes.

Fosse como fosse, criamos bastante intimidade naquele período, a ponto de eu ter tido coragem de mandar uma mensagem para ela, querendo tirar dúvidas no meio do meu trabalho. Jordana respondeu imediatamente, me abrindo caminhos para resolver determinada situação de uma forma mais clara. E, por fim, completou:

– O que importa, Cuca, é que você compreendeu exatamente o que um escritor deve fazer!

Bingo! Para mim, aquela frase deixava mesmo tudo explícito: era ela a misteriosa pessoa que, nos últimos meses, havia me ajudado naquela árdua missão. Que virada emocionante na história, hein? Nem eu imaginava que isso poderia acontecer! Tanto que, revendo alguns pontos da trama, resolvi dar certa humanidade à Jônia, minha grande vilã: eu não podia negar que tinha me inspirado um pouco em minha colega para criá-la.

Agora que meu trabalho estava quase na reta final e que eu já estava conversando diretamente sobre o assunto com a pessoa que me ajudou, achei melhor revelar que tinha sacado tudo. No dia seguinte, procurei-a para uma conversa. Fomos para a arquibancada do ginásio.

– Já terminou a nova versão do livro, Cuca? Estou louca para ver...

– Quase, Jordana. Como você *beeem* sabe, a pressa não ajuda nesse tipo de trabalho – falei. – Na verdade, te chamei aqui apenas para agradecer tudo o que você fez desde o início.

– Tipo?

– As dicas do "Manual Secreto do Jovem Escritor".

– Oi? Do que você está falando?

Tirei da mochila algumas das mensagens que tinha recebido e coloquei em seu colo.

– O que é isso? – ela estranhou, analisando os papéis.

– Não foi você que me mandou isso? – questionei.

– Não!

– Fala sério?!

– Não, não fui eu – ela respondeu com os olhos brilhando. – Mas estou encantada! Uma pessoa secreta foi te mandando dicas para te ajudar a escrever seu livro?! Foi isso mesmo que eu entendi?!

– Isso mesmo... – eu disse, desconfiado. – Não faço ideia de quem seja. Achei que poderia ser você... Puxa, quer dizer que ainda não consegui solucionar esse mistério!

– Ah, mas agora quem vai querer solucionar sou eu, Cuca! – ela se entusiasmou. – Isso só pode ser coisa de um especialista...

Quando ela soltou aquela frase, Miro veio à minha mente.

– A certa altura, achei que fosse nosso bibliotecário.

Jordana me olhou surpresa.

– Faz o maior sentido! Vamos falar com ele!

Fomos.

Quando colocamos as dicas em cima do balcão da biblioteca, o simpático senhor as pegou.

– Foi você que aprontou essa com o Cuca, Miro? – perguntou minha companheira em tom de interrogatório.

A voz de Miro saiu embargada.

– Não, não fui eu, não. – E ele contou: – Mas teria sido lindo se algum dia na vida eu tivesse recebido algo do tipo. Meu sonho sempre foi escrever um livro. Tenho tanta coisa na cabeça, sabem, meninos? Mas acabei me tornando um grande leitor, nunca um criador.

Ele estava bastante emocionado; e nós, comovidos com sua fala.

– Quem sabe um dia eu consigo escrever a história que guardo aqui comigo há mais de três décadas...

Sorri para ele e disse:

– Fique com as dicas, Miro. Fique com elas.

MANUAL SECRETO DO JOVEM ESCRITOR

Dica 10:
A ilustração e
o projeto gráfico

Olá!

Parece que sua história está, enfim, pronta! Imagino a sua alegria. Você viu como dá um trabalhão chegar ao resultado final? Pois é assim mesmo: escrever é um ofício, requer bastante dedicação. É preciso muito pensar, muito imaginar. Um escritor precisa encontrar a melhor maneira de contar o que quer, para que a história chegue ao leitor de maneira clara e atraente.

Ah, e também é por isso que envio hoje esta nova dica para você. Deixar o livro mais atraente é o assunto da vez.

Um livro bacana, além de trazer uma história encantadora, deve chamar a atenção de seu público por ser belo e interessante. Como já falamos, o texto escrito e impresso em papel ou digitalizado em folhas brancas é apenas um original. Um texto. Mesmo depois de reescrito e revisado, faltam as etapas de produção das ilustrações e da diagramação para, finalmente impresso em papel ou digitalizado, se tornar um livro! Por isso, vale a pena pensar nisso antes de apresentar seu projeto para o mundo.

Como acontece no mercado editorial, as ilustrações podem ser feitas de duas maneiras: se você tiver aptidão, pode fazê-las você mesmo — e aí se torna um autor-ilustrador. Caso não seja o caso, procure alguém talentoso que possa te ajudar a transformar em imagens tudo o que imaginou. Mas em geral o que acontece é: se o texto é contratado por uma editora, ela mesma se responsabiliza por todo o processo: recebe os originais do autor e os transforma em livro, cuidando de todas as etapas.

Lembre-se de que, no processo profissional de criação e edição de um livro, a união de pessoas de diversas áreas é fundamental. Dessa maneira, de repente vale pensar em um amigo ou amiga que mande bem no desenho e convidá-lo(a) para a empreitada. Não tenha medo de parcerias!

Se esse for o caminho, peça ao seu parceiro(a) que leia o texto. Depois, sentem-se e conversem sobre o que ambos pretendem para o livro: que "cara" ele vai ter? Que formato? Quantas páginas? O que virá escrito na folha de rosto? (O mesmo que está na capa: título do livro, nome do(s) autor(es), nome do ilustrador, logomarca da editora ou "edição independente", quando tudo é feito por conta do autor.) Definam como será a distribuição do texto nas páginas, que espaços serão ocupados pelas ilustrações, qual ou quais serão as fontes usadas, o corpo, a disposição dos títulos dos capítulos e do sumário, se houver. Falem também como querem as ilustrações do miolo do livro (miolo é toda a parte interna, fora a capa), se será a cores ou em preto e branco, como será a capa; troquem ideias sobre os personagens, os cenários, o "clima" a ser dado à história, quais as cenas mais importantes do texto, os momentos-chave, os personagens secundários que devem aparecer... enfim, conversem. Troquem. Com isso, vocês terão definido o projeto gráfico do seu livro. Para isso, você pode usar um programa de diagramação no computador ou até pensar em fazer à mão mesmo, de maneira artesanal, com colagens, desenhos e experimentações. É, sem medo! O que vale é o cuidado e o carinho com o projeto.

Depois, deixe seu parceiro(a) trabalhar: lembre-se de que você é o autor do texto, da linguagem verbal; ele será o autor das imagens, da linguagem visual, não verbal, e você deve respeitar a criação dele tanto quanto ele deve respeitar a sua. Projeto gráfico definido, ilustrações de capa e miolo prontas, chegou a hora de montar efetivamente o livro. Diagramar, inserir as ilustrações, montar a capa, imprimir uma cópia, "fechar" o livro no formato escolhido, e... revisar. Uma, duas, três vezes, até estar tudo "perfeito".

Em pouco tempo terá seu livro prontinho em mãos. Tantas cópias quantas forem necessárias para distribuir para quem você quiser — não se esqueça da dedicatória e do autógrafo! Tenho certeza de que vai morrer de orgulho!

Boa sorte e até breve!

CAPÍTULO 12

UNINDO TALENTOS

Eu estava tão realizado pelo fato de ter escrito e reescrito minha história com sucesso que foi necessário chegar mais uma dica secreta para eu lembrar que ainda faltava uma etapa importante para finalizar meu projeto. Evidentemente, caso eu fosse um autor profissional, toda a parte de diagramação e ilustrações iria ser feita por uma editora. Como não era o caso, eu precisava colocar a cabeça para funcionar e descobrir caminhos para transformar aquelas palavras impressas em páginas brancas em um livro bonito para mandar para o Berilo Catanhêde.

Debruçado sobre um grande papel em cima da escrivaninha, eu tentava produzir uma primeira ilustração para minha obra. Tive a ideia de desenhar o Claudius, meu herói, andando a cavalo em uma estrada de terra, em sua vida normal, antes de ser chamado para a grande aventura. Mas logo confirmei que meus traços eram incapazes de levar emoção ao leitor. O resultado estava ficando sofrível. Nunca vi uma pessoa tão pouco talentosa para o desenho como eu. E olha que insisti bastante, mas foi um fiasco.

O pior é que eu não conseguia deixar de pensar que, a alguns quilômetros de onde eu estava, Menezes devia estar arrebentando nas últimas ilustrações para sua obra.

– Não vai ter jeito: o livro dele vai ficar muito melhor que o meu – suspirei, conformado.

Certo disso, continuei ainda com minhas tentativas fracassadas até uma manhã em que o Menezes veio até mim no intervalo.

– Ei, Cuca! E aí, como vai seu livro?

Ah, juro que não queria falar sobre aquele assunto com ele. Mas Menezes era sempre tão simpático, tão verdadeiro e legal, que era impossível dar um chega para lá nele. Que não merecia: o problema, naquele caso, era eu.

– Tô tentando fazer uns desenhos para o livro – confidenciei, morrendo de medo de que ele tirasse os dele da mochila e me humilhasse ali mesmo.

– Que legal! E você já terminou de escrever?

– De escrever e reescrever! – me exibi.

Depois que eu disse aquilo de peito estufado, ele abaixou a cabeça e lamentou:

– Você sabe que eu não consegui dar um passo na história que eu queria escrever?...

Aí não entendi mais nada. Olhei para ele, surpreso.

– Mas... por que não rolou?

– Escrever é difícil demais, cara! Tem que ser muito, mas

muito dedicado. Sou ruim demais nisso, Cuca! Fico admirado com quem consegue.

– E o tal manual que você tinha? – lembrei.

– Ih, complexo demais. Peguei com um tio meu que é jornalista, mas funciona para quem é experiente. Deveria existir um manual só para nós, os jovens que querem começar a escrever.

Pensei em como eu tinha tido uma sorte danada. Talvez eu devesse passar meu material para ele, depois que Miro usasse.

– *Tô* felizão por você, Cuca! Quero muito ver sua história – Menezes disse, despedindo-se.

Naquela tarde, passei o tempo pensando nele. Já estava anoitecendo quando tomei coragem e pedi seu número para um amigo que tínhamos em comum. Logo escrevi uma mensagem para ele.

Ei, Menezes, tudo certo? Cara, o que aconteceu com aqueles rascunhos que você estava fazendo para seu projeto?

Ele não demorou para responder.

Estão guardados aqui em casa! Não sei o que vou fazer com eles, talvez sirvam apenas de estudo.

"Não, não!", pensei. Castelos, princesas, cavaleiros, dragões, época medieval: tinham tudo a ver com minha história. Lembrei-me, é claro, da dica número dez, que dizia que fazer um livro era também unir talentos. Pensando bem... por que não? Então, fiz uma proposta.

Você topa ilustrar meu livro?, escrevi.

A resposta foi a mesma que ele repetiu no dia seguinte, diante de mim. Aí consegui ver seus olhos brilhando:

– Meu sonho era ilustrar um livro um dia!

Então saquei meu original e entreguei a ele. Eu estava muito feliz. E ele também. Pegou o envelope com as mãos tremendo, como se eu fosse alguém mais importante que o Berilo Catanhêde.

– Leia e depois me fale o que você pensa para as ilustrações – pedi. – Mas não mostre para ninguém!

Ele assentiu com a cabeça. Já no dia seguinte, voltou eufórico, cheio de ideias e rascunhos. Ver o universo que eu tinha criado ganhar paisagens e cenários, ver meus personagens ganharem rosto e expressões, corpo e roupas, foi uma das maiores emoções que tive na vida. Ainda mais pelas mãos talentosas do Menezes. Durante dias ficamos pensando em quais cenas podiam ganhar ilustrações e em que pontos do livro poderiam ser colocadas. Feito isso, ele se empenhou em finalizar seu trabalho e, em uma semana, tínhamos tudo pronto.

Olhamos orgulhosos para nosso trabalho. Estava incrível mesmo.

– Sua história está pronta para ir para o mundo, Cuca! – ele falou, maravilhado.

– Agora ela é nossa, Menezes! Você, sendo o ilustrador, se torna coautor dela! – falei.

Ele colocou a mão em meu ombro, me abraçando. Estava emocionado. Eu também não estava acreditando no que acontecia. Tinha dado certo!

Por isso, talvez, eu também estava morrendo de medo.

MANUAL SECRETO DO JOVEM ESCRITOR

Dica 11:
Para todo mundo ler

Olá!

Mais do que nunca, este meu "Olá!" é cheio de alegria e entusiasmo. Com a história e as ilustrações prontas, é hora de colocar seu livro no mundo.

Como já dissemos, essa é sua primeira experiência como escritor, e talvez você não consiga apresentar seu projeto para uma editora e publicá-lo. Mas isso não é problema algum! Nos tempos em que vivemos, a editora seria apenas um dos caminhos para levar um livro até o leitor. Existem tantos outros!

Repito: você mesmo pode montar seu livro, seja no computador, seja à mão, de modo artesanal. Pode imprimir ou tirar quantas cópias quiser em uma gráfica rápida. Com essa tiragem debaixo do braço, saia por aí vendendo seu trabalho.

Outra possibilidade é contar com a tecnologia. A internet está aí para isso. Sua história pode ser publicada em um blog ou nas suas redes sociais. Imagine resgatar do passado o formato "folhetim" e disponibilizar um capítulo por semana para seus seguidores? Aposto em muitos likes e compartilhamentos.

Seja qual for a escolha, o importante é que seu livro está prestes a ir parar nas mãos de inúmeros leitores. Prepare bem seu coração, pois as emoções estão só começando...

Boa sorte e até breve!

(Será que eu ainda volto?)

CAPÍTULO 13

O PODER DE INSPIRAR

Tomei coragem e mostrei para o Menezes a dica número onze assim que ela chegou. Falava sobre as várias formas de colocar o livro no mundo, e achei justo compartilhar tal decisão com ele, já que se tornara meu parceiro naquele trabalho. Quando contei que todo aquele tempo recebera uma ajuda misteriosa, ele ficou surpreso.

– Mas você não tem ideia de quem seja esse seu "anjo da guarda"?

– Nada, cara! Já desconfiei de muita gente, mas até agora não descobri sua verdadeira identidade.

– Isso é história para outro livro, hein? – ele brincou.

Eu ri, concordando. Mas logo voltamos a examinar a mais recente dica e discutimos como iríamos divulgar a nossa obra.

– Será que vale colocar na internet? – cogitei.

– Talvez, Cuca. Mas seria legal ter uma versão impressa. A gente pode fazer cópias coloridas e vender para nossos colegas.

– Isso seria ótimo! – Fiquei animado, mas logo me deparei com uma questão: – Mas precisaríamos de um dinheiro para fazer isso, não é?

– Já pensei em tudo! – Menezes respondeu rápido. – Tenho uma grana guardada, posso investir no nosso projeto.

– Jura, cara? – Quase não acreditei.

– Juro! Isso, para mim, é a realização de um sonho.

Fiquei comovido. Estava tão feliz por tê-lo comigo naquela empreitada, por ver como estava realizado... E pensar que eu até tinha imaginado que ele queria puxar meu tapete. Que bobagem! Quando a gente cria, percebi, precisamos tomar cuidado com o ego. Lógico que podemos ficar orgulhosos pelo que fazemos, mas isso não precisa – nem deve – se tornar uma competição. Tem espaço para todo mundo. Até porque cada um tem a sua história, suas referências, seu universo. E quanto mais nos unirmos, mais ganhamos. Bastava ver o resultado da nossa parceria espalhado ali no chão do pátio. A certa altura, fomos flagrados pelo coordenador Aureliano.

– Ei, meninos, o que estão fazendo perdidos aqui no canto? – ele brincou.

– Estamos finalizando nosso livro – respondi.

– "Nosso" – ele estranhou.

– Sim, o Menezes se tornou meu parceiro e fez todas as ilustrações – contei.

Vi o rosto do homem se iluminar.

– Eu sempre soube que você conseguiria, Cuca. Bastava um empurrãozinho!

Então se despediu de nós e entrou no prédio.

– Você cogitou a hipótese de ser ele? – perguntou meu amigo.

– Ele o quê? – respondi sem entender.

– De ele ser a misteriosa pessoa das dicas...

Olhei para trás, e Aureliano já não estava mais lá.

– Sim, ele falou sobre um "empurrãozinho". Acho que não havia pessoa que desejasse mais que você cumprisse o desafio, Cuca! Ele apostou em você! – Menezes explicou sua teoria.

Fazia todo o sentido, eu não tinha pensando naquela possibilidade.

Continuamos nossa conversa, e logo Aureliano apareceu novamente:

– Garotos, eu poderia ler a história de vocês?

Nos entreolhamos. Não havia como negar aquele pedido.

Foram dias angustiantes, confesso. Aureliano levou minha história e não falou mais dela por um tempo. De vez em quando, cruzávamos pelos corredores (às vezes eu passava perto da sala dele de propósito, apenas para que se lembrasse de mim), e ele dizia:

– Ainda estou lendo!

Imaginei que eu passava por uma situação semelhante à que um escritor profissional vivia enquanto aguardava o retorno de uma editora à qual tivesse submetido seu original para avaliação. Lembro que tinha isso na dica número oito, era preciso esperar por uma resposta – positiva ou negativa. E era assim que eu me sentia: aguardando a aprovação ou a recusa do meu trabalho.

Era uma sexta-feira quando fui chamado à sala de Aureliano. Nervosíssimo, percorri rapidamente o caminho da classe até lá. Entrei na sala e encontrei o coordenador sentado em sua mesa, com o livro diante dele. Pediu que me sentasse.

– Cuca, li seu livro. – E fez uma pausa que me desesperou. – Fiquei muito emocionado com ele.

Quase desandei a chorar, tamanho o alívio que senti.

– Você conseguiu trazer para a narrativa todo o seu potencial inventivo, digamos assim. Direcionou para algo bom e importante aquela sua mania de criar histórias. – E completou: – Percebi que o Claudius tem muito de você.

– É, acho que tem – concordei.

– Acho que foi um processo de descoberta para você.

– Foi, sim, Aureliano – afirmei. – Agora, o Menezes e eu estamos pensando em tirar cópias do livro para que chegue às mãos de nossos colegas.

Então, ele abriu um sorriso.

– Demorei a te responder exatamente por isso, Cuca – contou. – Consegui firmar uma parceria com uma gráfica aqui do bairro. Eles vão fazer uma pequena tiragem para a gente distribuir o livro para todo mundo aqui na escola.

Arregalei os olhos.

– Posso ficar com o texto para que a professora Delfina faça uma revisão geral? – ele perguntou.

Morri de medo de aquela mulher implicar com algo na minha história. Mas fazia parte do processo, eu já tinha entendido. Concordei com o pedido. Só que ele não tinha terminado de falar sobre suas ideias.

95

– Queria saber se seu livro pode ser o primeiro de uma coleção que nossa escola vai fazer. Por causa de sua iniciativa, tivemos a ideia de publicar semestralmente um título que algum aluno tenha escrito. É uma maneira de incentivar quem sonha escrever.

Fiz que sim com a cabeça, sem entender muito bem que eu estava prestes a me tornar inspiração para um monte de colegas meus. Quem diria, hein, Cuca? Quem diria...

CAPÍTULO 14

VIDA DE ESCRITOR

Foi uma emoção indescritível ver meu livro nas mãos de todos os meus colegas e também dos alunos das outras séries. Tudo bem, eu também estava com dor de barriga de nervoso, afinal, não sabia como seria a reação deles. Mas, no fundo, pouco me importava, naquele momento, se iriam gostar ou não. O que mais me alegrava era que eu tinha conseguido.

Bella se aproximou, tímida. Queria um autógrafo em seu exemplar. Eu fiquei sem graça, pois eu não tinha uma assinatura própria. Logo me dei conta de que eu precisava inventar uma de imediato, pois os pedidos poderiam aumentar. Quando eu escrevia uma mensagem na primeira página, ela me disse:

– Me reconheci tanto na personagem da cozinheira Berta. Ela é tão sonhadora, vive olhando o mundo por um lado bom, mesmo com todo o sofrimento que passa naquele reino.

Meu coração se aqueceu. Não tive coragem de revelar que aquela figura tinha sido, de certa maneira, inspirada nela. Devolvi seu livro com a dedicatória e ela me deu um abraço.

Ali entendi qual era a função da arte.

Logo começou uma movimentação. Outros colegas, talvez incentivados pela atitude da Bella, também vieram me pedir para assinar seus exemplares e comentar sobre a leitura. Para evitar tumultos, a inspetora logo arranjou uma carteira onde me sentei e organizou uma fila na minha frente. Menezes surgiu e eu o chamei para ficar comigo, para também autografar os livros – afinal, seu trabalho tinha sido imprescindível para o sucesso da obra. Muita gente estava elogiando as ilustrações.

Até a professora Delfina acabou dando o braço a torcer. Na vez dela, me entregou seu livro e disse:

– Seu trabalho está muito bem-feito!

Eu sabia que aquele era o elogio máximo que ela poderia me dar e, por isso, senti que a missão estava cumprida.

Terminada a sessão de autógrafos, fui puxado pelo braço por Jordana – cena impensável semanas antes.

– Agora só precisamos aguardar o retorno do Berilo. *Tô louca para saber o que ele achou do seu livro!*

– Sabe que eu não, Jordana... – confessei, diante do olhar assustado dela. – Lógico que o retorno do público é legal, mas o mais fascinante foi ter vivido essa experiência. Acho que nem estou a fim de enviar o livro para o escritor.

Minha amiga paralisou, preocupada. Arqueou as sobrancelhas e falou:

– Eu tomei a liberdade de escrever para ele contando que seu livro estava pronto. Quando eu o entrevistei para meu canal, pedi seus contatos e tudo o mais. Ele se lembrou de você e disse que queria muito ver seu livro. E que esperava receber um exemplar em breve.

– Jura?

– Juro! Era o combinado, não? Então, trate de autografar um para o Berilo – ela disse, esticando um exemplar. – Faça uma dedicatória boa, não vai me decepcionar!

Olhei para ela pensando que algumas coisas não mudavam. Mas logo revi minha opinião. Ela estava sorrindo para mim quando falou:

– Estou muito feliz por você...

Voltei da escola certo de que eu era uma nova pessoa. Que eu tinha descoberto uma espécie de vocação. Sempre gostei de inventar histórias e de contá-las, talvez por isso meu ímpeto de mentir sem parar. Eu não sabia muito o que fazer com minha prodigiosa imaginação. Mas agora eu sabia. Talvez continuasse a fazer livros. Eu me sentia bem, e os outros também.

Cheguei em casa e pela primeira vez flagrei meus pais lendo. Sim, meu pai também. Ele estava na mesa de jantar, atento às páginas que eu tinha escrito. Talvez por isso nem me viu chegar. Já minha mãe, esparramada no sofá, tinha brilho nos olhos, que avançavam entusiasmados pelas linhas. Ela, sim, percebeu minha presença, deixou o livro de lado e veio me abraçar. Não disse nada, apenas me abraçou. Entendi tudo.

Aquele era, definitivamente, o dia mais feliz que tinha vivido em meus 10 anos. Meu desejo maior, de verdade, era poder agradecer, e muito, à pessoa que tanto tinha me ajudado com as misteriosas e preciosas dicas. Mas, no fim de tudo, eu não conseguira descobrir quem havia apontado os caminhos para eu conseguir criar o livro. Esse mistério tinha ficado em aberto, como se precisasse de uma sequência para concluir a história.

Até aquele momento.

Entrei cansado no quarto, querendo dormir. Encarei a cama de Ian vazia, mas na sua mesinha da cabeceira vi um exemplar da minha obra.

"Espero que ele goste", pensei.

Peguei o livro com muito orgulho e acabei me esparramando na cama dele. Foi quando algo me espetou. Tratei de caçar com a mão o que era e encontrei uma lapiseira perdida no meio do edredom. E não apenas isso: havia um bloquinho debaixo do lençol. Sorri, imaginando que o Ian também tivesse se metido a escrever depois de acompanhar a minha jornada. Eu sei que não deveria ter feito o que fiz, mas por um impulso abri a capa e li o que estava escrito ali.

Não acreditei.

DICA 12: VOCÊ CONSEGUIU!

Meus olhos marejaram.

Era ele. Ian era o meu mentor misterioso. Tão próximo! Eu tinha em mãos um possível rascunho da próxima dica que receberia. Fechei logo o caderninho e coloquei onde estava, sem ler mais nada. Deixei para fazer quando a recebesse.

Depois de tanto trabalho e daquele dia inesquecível, estava cansado. Precisava relaxar um pouco, dormir o sono dos justos, com a cabeça e a alma leves. Um tanto realizado.

Fechei os olhos, desejando embarcar em um sono profundo.

"E se... e se... e se... um menino, de repente, descobrisse que seu melhor amigo desapareceu? O que ele faria?"

Acordei assustado com aquele pensamento.

Me pareceu... uma ideia! Aquilo daria... uma nova história!

E assim, diversos "e se..." vieram na sequência.

Balancei a cabeça, conformado. Talvez as coisas dali para frente fossem daquela maneira.

É, vida de escritor.

UM RESUMÃO DO MANUAL
(POR CUCA)

Olha, parece que muita gente na escola ficou empolgada com a ideia de escrever uma história. Como eu, Cuca, consegui, passaram a achar que também eram capazes desse feito. Ah, e teve também aquela história de o Aureliano querer fazer uma coleção de obras de autoria dos alunos, aí todo mundo ficou empolgado para ter um título lançado. Por isso, para ajudar quem precisa nessa árdua jornada, resolvi fazer um resumão de todas as dicas que recebi e distribuir para quem quiser. Então, se você precisar se lembrar de alguma coisa quando estiver escrevendo seu livro, basta consultá-lo!

Boa sorte e até breve!
Um abraço do Cuca

Dica 1 – SER UM ESCRITOR

Saiba que todo mundo pode ser escritor – não se trata de graça divina, nem de superpoder. Mas para isso é preciso se dedicar muito, estudar, ler. Sempre tenha em mente a responsabilidade que é escrever uma história: você pode transformar a vida das pessoas.

Dica 2 – TUDO COMEÇA COM UMA IDEIA

Tudo começa com uma ideia. E elas podem surgir de onde você menos espera. Então, antenas ligadas e muita atenção a tudo o que está a sua volta. Tenha um caderninho em mãos e anote tudo o que você achar interessante. A partir dessas anotações, comece a imaginar acontecimentos. Junte assuntos. Misture fatos. Você vai ver, logo terá um começo de história em mãos.

Dica 3 – OS PERSONAGENS

Comece a pensar nos personagens que vão estar na sua história – eles são a alma dela. Imagine figuras originais, com características únicas. Para definir sua personalidade, pense em perguntas como: onde ele mora? O que ele mais gosta de fazer? Do que ele não gosta? Como ele reage às coisas? Ele é calmo ou nervoso? Esperto ou distraído? Como as pessoas o veem? Também pense como ele é fisicamente e escolha um nome para ele. Por fim, pense sobre o que ele mais quer na vida dele. Este pode ser o grande fio da sua história.

Dica 4 – *QUANDO E ONDE?*

Descobrir quando e onde se passa a história é importante também. É a hora de soltar a imaginação. Seria no futuro ou no passado? Na sua cidade ou em um país do Oriente? Essas decisões ajudam a trazer elementos e peculiaridades para sua trama. Fazer pesquisas na internet sobre outras épocas e ambientes pode te ajudar bastante. Ah, claro: se quiser, pode criar um lugar imaginário. Um reino, um país, uma ilha perdida que só existe na sua história.

Dica 5 – *O CONFLITO*

Lembre que para uma história acontecer é preciso colocar os personagens para resolver problemas. É o tal do conflito. Então, tenha claro o que seu protagonista quer e como ele pode chegar a esse objetivo. A partir disso, comece a colocar obstáculos para ele enfrentar. Pode ser uma pessoa ruim que não quer seu sucesso, um mal-entendido, uma grande tempestade, uma traição. É dessa maneira que você vai prender o leitor e fazer com que torça pelo seu personagem.

Dica 6 – ORGANIZANDO A HISTÓRIA

Agora você precisa descobrir como será sua história por completo. Para te ajudar nessa etapa, tente criar o "esqueleto" dela, ou seja, a organização de todos os acontecimentos que você imagina que ela possa ter. Pense numa espécie de linha do tempo e coloque os fatos cronologicamente, em tópicos mesmo. Atente-se ao começo, meio e fim. Fazendo isso, você terá um guia que te ajudará a escrever o livro no formato literário.

Dica 7 – ESCREVENDO

Chegou a hora de escrever! Tome seu "esqueleto" como guia e comece a destrinchar todos os pontos da história. Escolha quem é o narrador e transforme os tópicos anotados em cenas, com descrições e diálogos. Seu texto ganhará forma literária. Faça essa primeira versão sem medo, deixe fluir pensamentos e ideias, coloque tudo no papel. Depois revisite o texto, revisando questões de ortografia e revendo se alguma coisa precisa ser mexida. Faça quantas versões achar necessário, não precisa ter pressa!

Dica 8 – O OLHAR DE FORA

Quando considerar seu texto pronto, convide alguém de confiança para ser seu leitor crítico. Pode ser um amigo, seus pais ou um(a) professor(a). Peça que ele(a) aponte o que funciona ou não em sua história, pergunte se tem sugestões.

Ele(a) fará o papel que um editor teria, caso estivesse publicando por uma editora. Ouça e anote as recomendações e analise o que precisa ser mudado.

Dica 9 – REESCREVENDO

Depois da etapa anterior, retome o texto e reescreva tudo. Sim, é importantíssimo. Com um distanciamento no tempo e com a opinião de seu leitor crítico, você vai encontrar muitas formas para melhorar sua história.

Dica 10 – A ILUSTRAÇÃO E O PROJETO GRÁFICO

Com seu original pronto, vale pensar na "cara" do seu livro. Você mesmo pode fazer as ilustrações ou pode convidar um colega que tenha talento para os desenhos para ser seu parceiro. Pense também em como pode ser a diagramação do projeto, que cores usar, que fontes... Você pode criar tudo isso à mão ou no computador.

Dica 11 – PARA TODO MUNDO LER

Finalmente, você tem seu projeto pronto para apresentar ao público. Pense em como pode fazer isso, pois existem diversos caminhos. Você pode imprimir vários exemplares e vender por aí. Mas, se achar legal, pode compartilhar sua história em redes sociais ou em um blog na internet. O que importa é ser lido – e é aí que as grandes emoções começam.

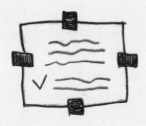

O AUTOR

Desde criança, invento histórias e sonho me tornar um escritor. Comecei fazendo gibis amadores, inspirados nas leituras que eu fazia, e pedia para meu pai tirar cópias para eu vender para família e amigos. Incentivava amigos a fazerem o mesmo e até os ajudava a criar seus gibis. Fui crescendo e me arriscando nas primeiras incursões literárias. Na época da faculdade de Jornalismo, já no fim da juventude, rascunhei meus primeiros livros infantojuvenis. Me formei, certo de que meu caminho era criar histórias e conteúdo para o mundo. Me pós-graduei em Roteiro Audiovisual. Passei por agência de publicidade, fui sócio de uma produtora de filmes e fiz reportagens para jornais e revistas. Publiquei dois livros de contos e crônicas, escrevi peças de teatro e dirigi documentários sobre a importância da arte na vida das pessoas. Para o público infantil e juvenil, escrevi livros como *Tito Bang!* (2016), *Procura-se Zapata* (2017), *Super-Ulisses* (2021), *Fabulosa Mani* (2021), entre outros. E assim pretendo continuar, ajudando também mais e mais pessoas a inventarem seus universos, personagens e histórias. Por isso, recomendo: faça as suas também, você consegue!

Caio Tozzi

A ILUSTRADORA

Sou Aline Cruz, mais conhecida como Lila Cruz. Nasci em Salvador e hoje moro em São Paulo com meu marido e meus gatos. Sou formada em Jornalismo e trabalho como ilustradora e quadrinista. Já ilustrei muitos livros para crianças ao longo dos anos e tenho três quadrinhos autorais publicados. Adoro contar histórias e criar personagens!

Lila Cruz

Este livro foi composto com tipografia Electra e impresso em papel Off-White 80g/m² na Formato Artes Gráficas.